진도의 언어로 피어난 레퀴엠

더 씻김

진도의 언어로 피어난 레퀴엠
더 씻김

ⓒ채선후 2024

초판 1쇄 발행 2024년 9월 9일

지은이 | 채선후
펴낸이 | 김종필
펴낸곳 | ㈜아트레이크ARTLAKE

글 채선후
책임편집 최정원
기획 진유림
디자인 박선경
마케팅 한보라
등록 제2024-000075호. (2020년 8월 25일)
주소 서울특별시 마포구 어울마당로 5길 36, 삼성빌딩 3층
전화 (+82) 02 517 8116
홈페이지 www.artlake.co.kr
이메일 artlake73@naver.com

ISBN 979-11-986338-8-0 (03810)

책값은 뒤표지에 적혀 있습니다.
파본은 본사나 구입하신 서점에서 교환하여 드립니다.

후원: 전라남도 JeollaNamdo   전라 남도 문화재단 Jeollanam-do Culture Foundation

이 책은 전라남도, (재)전라남도문화재단의 후원을 받아 발간되었습니다.

진 도 의 언 어 로 피 어 난 레 퀴 엠

더 씻김

채선후 지음

ART LAKE

· 차례 ·

제3장 바람결

넋이로세 넋이로세 넋인 줄을 몰랐더니

씻김굿 명인

제4장 마음결

마음조시

씻김의 색

씻김의 마음

나가며 ## 죽음의 탄생을 이어가는 삶 속에서

부록

더 씻김

바람이 마른 들녘에 휭하니 날리고 있다. 물기 먹은 초록 잎은 갈색으로 하나둘 떨어져 바닥에 나뒹굴고 있고, 자연은 눈에 보이는 성장을 잠시 멈추는 계절을 맞이한다. 나뭇잎들이 죽음을 맞이하는 계절, 가을이 된 것이다. 가을이면 부쩍 외로워지고, 쓸쓸함이 더해진다. 거리에 나뒹구는 낙엽을 보면서 괜스레 삶의 다함, 죽음이 떠오르면서 울적해진다. 낙엽이 지는구나!

가을과 겨울에는 우울함이 자연스러운 배경처럼 깔려 있다. 자연과 함께 찾아오는 우울을 위로하듯, 가을이면 지역 축제 소식이 풍성하다. 특히 진도군에서는 다양한 전통문화 예술 공연이 행해진다. 국립남도국악원에서도 '굿 축제' 기간에는 여러 종류의 굿 마당 공연을 펼친다.

사실 준비된 무대에서는 굿이 품고 있는 본연의 의미를 제대로 느낄 수 없다. 굿은 마당에 널찍한 멍석을 펴고 옹기종기 멍석 주변에 모여 듣는 분위기가 잘 어울린다. 시간 맞춰 정해진 자리에 앉아 듣는 분위기는 다소 딱딱한 느낌이다. 어떤 사람은 오고, 어떤 사람은 가고, 듣는 사람은 듣고, 술 한잔 하고 싶은 사람은 홀짝이면서, 자기 방식대로 멍석에 둘러앉아 듣는 것이 제일 어울린다. 굿은 뭉친 마음을 풀어 주는 연주이기 때문이다.

특히 씻김굿은 망자를 위해 좋은 곳으로 가시라고 빌어 주는 마음을 모으는 굿이다. 우리는 태어나면서 숨을 받는다. 그러다 때가 되면 내쉬던 숨이 멎는 '죽음'을 맞이한다.

한평생 입고 있던 옷이 바람에 날아가 버린다면 어떨까. 죽음은 불현듯 불어오는 바람에 휙 저 멀리 날아가 버린 육신의 옷과 같다. 다시 못 올 저 너머 세상으로 말이다.

언제인가 몇 년 동안 쓰던 김장 보자기를 바지랑대에 널었다. 휘익 불어오는 갈바람에 저 멀리 하늘로 날아갔다. 풍선처럼 날아가는 것을 보면서 냅다 달렸다. 뛰어가면 잡을 수 있을 것만 같았다. 숨차게 달렸지만 보자기는 어느새 눈에 보이지 않는 곳까지 날아가 버렸다.

한동안 멍하니 보자기가 날아가 버린 하늘만 보고 서 있었다. 고작 몇 년 함께 하던 보자기가 날아가 버렸을 뿐인데 마음

한편이 서늘하면서 허전했다.

비유하자면 죽음은 휙 갑작스럽게 불어온 바람에 날아간 보자기와 비슷하다. 옷처럼 늘 평생 영혼을 감싸고 있던 육신이 저 멀리 다시 오지 않을 곳으로 가 버리면 어떨까. 뛰어가 잡으려고 해도 잡을 수도 없는, 저 멀리 다시 오지 않을 곳으로 떠나간 육신을 두고 간 '나'라는 사람은 떠나가면서 어떤 생각을 할까. 그런 죽음을 맞이한 '나'와 함께 한 가족과 이웃은 어떤 심정일까.

'씻김'은 말 그대로 씻긴다는 뜻이다. 손이 더러우면 손을 씻는다. 내 손이므로 내가 스스로 씻는다. 그런 것처럼 영혼을 씻는 것이다. 영혼은 육체가 없으므로 스스로 씻지 못한다. 살아 있는 사람에 의해 씻긴다. 그래서 '씻다'의 피동사인 '씻긴다'의 명사형 '씻김'으로 쓴다.

갑작스레 주변의 누군가가 죽는다면 산 사람도 감당하지 못한 슬픔에 빠진다. 나 역시 뜻하지 않은 아버지의 죽음 때문에 큰 슬픔에 빠진 적이 있다. 장례를 치르는 동안은 정신없이 지나갔다. 이것이 꿈인지 현실인지 어떤 판단도 서지 않았다. '죽음'은 그만큼 받아들이기 힘든 정서다. 그 슬픔이 꽤나 오래 계속되었다.

씻김굿은 산 사람을 위해서도 슬픈 마음을 달래고, 위로하며 혼자 슬퍼하지 말고 같이 슬픔을 나누자는 의미도 있다. 살면서 맺어온 인연들이 가는 길 마지막에 다 함께 모여 굿판을 벌이는 것이다. 굿은 때로는 흥겹게, 때로는 구슬프게, 때로는 애처로운 소리로 실타래처럼 엉킨 마음을 소리로 풀어 준다.

진도 씻김굿에서는 징, 장구, 피리, 아쟁, 가야금, 대금 등 다양한 악기가 연주된다. 하지만 제일 중요한 소리는 바로 당골(무당)의 소리다. 속에서 깊이 울려 나오는 소리, 애절한 듯 처연한 소리는 깊이 가라앉아 있던 마음을 흔들어 깨운다. 마음속을 끄집어내는 소리를 통해, 매일 낮과 밤을 맞이하듯 생(生)과 죽음이 반복되는 삶에서 놓치고 있던 본연의 모습을 들여다보고자 한다.

파란 하늘과 육자배기 소리

하늘 아래 인연으로 소리로 이어진다. 이것과 저것, 너와 내가 만나 새로운 삶을 만드는 곳에는 소리가 있다. 이것과 저것이 만나는 파란 하늘 아래 펼쳐진 들녘에서 아낙이 소리를 한다. 허리 굽혀 배추를 토닥이며 소리를 하고, 막걸리를 들이켜며 다시 소리를 한다. 푸른 바다에서 건져 올린 숭어가 팔딱이며 소리를 한다.

소리 없는 곳이 어디 있을까. 그 소리가 겉을 타고 속으로 흘

진도대교 ⓒ김진일

러 들어가 애끓고 외로웠던 영혼을 달래 준다면 그 소리는 소리를 넘어 빛이 된다. 섬과 섬이 되어 외롭게 살아가는 영혼을 하나로 이어 주는 빛이 되는 것이다. 그런 빛이 소리가 되어 흐르고 있다.

지켜 주는 수문장 소리가 흐르는 곳

진도는 한반도 끄트머리에 있는 섬이다. 그곳으로 들어가기 위해서는 진도대교를 건너야 한다. 목포와 해남으로 연결된 도로를 타고 늘어가면 바다의 진도 사이를 잇는 진도대교가 있다. 그 아래 바닷물이 들어오고 나가는데 그 좁은 해협을 울돌목이라 한다. 바다가 우는 길목이라는 뜻이다.

울돌목은 조류가 가파르고 세다. 큰 암초와 암초 사이 굴곡이 심해서 바닷물이 들어오고 나갈 때 소리가 유난히 크다. 삼키듯 소용돌이치는 울돌목의 바닷물을 보고 있으면 무섭기도 하다.

획획 휘몰아치는 소리는 매서운 날짐승의 울음처럼도 들린다. 마치 수문장(守門將)처럼 진도를 엄호하는 듯하다. 그래서인지 진도는 예로부터 숱한 전쟁을 겪었지만 잘 이겨 냈다. 울돌목은 임진왜란 때 이순신 장군이 명량해전을 승리로 이끈 곳이기도 하다.

깊고 날카롭게 울리는 울돌목의 엄호를 받으며 진도로 들어간다. 나오고 들어간다는 생각 없이 들어가는 것을 진심으로 들어간다고 했던가. 진도는 진도만의 언어가 흐르는 땅이다. 그 언어를 만나기 위해서는 먼저 버려야 한다.

'나'를 벗어버리고 '너'를 잊으면서, 눈으로 보이는 것이 전부라고 생각하지 않고, 들리는 소리를 소리로만 듣지 않아야 한다. 어려운 일이다. 하지만 '눈'이라는 말을 버리면 보이는 것에서 소리가 들리고, '귀'라는 말을 버리면 들리는 소리가 보인다.

진도는 또 다른 언어로 이해해야만 한다. 고맙다는 말보다 두 손 꼭 잡아주는 손길에서 더 깊이 마음을 헤아릴 때가 있는 것과 같다. 내뱉는 언어보다 손길이 건네주는 의미를 알고 그 속으로 들어가야 한다.

자, 너와 나 언어를 파란 풍경에 벗어 던져 보자. 지금부터 풍경이 소리로 다가오는 곳, 진도로 들어가 보자.

씻김의 소리와 풍경

누군가가 씻김의 소리가 주는 심상(心想)이 어떠한지 물으면, 나는 파란색이라 답한다. 우리의 삶이 그렇듯 좋은 날도 있고, 흐린 날도 있다. 진도는 섬이라 금방 흐렸다가도 어느새 맑아진다. 맑은 날은 푸르다고 하는데 진도의 하늘은 파랗다. 너무나 짙어서 파랗다 못해 새파랗다. 안개가 걷히면 새파란 하늘을 쉽게 볼 수 있다. 새파란 하늘을 바라보고 있으면 그 푸른빛에서 아름다움이 내리쬐는 듯하다. 이런 날 하늘을 보고 걸으면, 끝이 보이지 않게 나를 힘들게 했던 일들도 사르르 잊힌다.

진도 시내는 화려하지 않다. 높은 건물도 없다. 간혹 높고, 화려한 도시의 풍경에 주눅이 든다. 화려함을 위해서는 많은 덧칠이 필요하다. 덧칠하다 보면 본연의 목소리는 가려져 잘 들리지 않는다. 진도는 도시에 비해 덧칠한 화려함이 적다. 그래서 더 마음이 편해진다. 도시 생활에 익숙한 사람들이 진도에 오면 '아무것도 없다'라는 말을 종종 한다. 물질적인 기준으로 보면 그야말로 아무것도 없는 시골 동네다.

여행객이 처음 진도에 발을 내딛는 곳은 터미널이다. 진도공용터미널을 중심으로 올려진 5층짜리 건물이 그나마 도시적이다. 그 대신 낮은 집들과 푸른 논과 밭 그리고 물결이 널찍하게 펼쳐져 있다. 어느 나라, 어느 곳에서나 흔히 볼 수 있는 작은 섬에 푸른 산이 있고 들이 있을 뿐이다. 널찍한 도로도 아닌 구불거리는 도로다.

진도를 다니다 보면 구불거리는 길을 자주 보게 된다. 산을 끼고 돌다 보면 산과 산 사이 파란 하늘이 보이고, 또 가다 보면 산 아래 집들이 펼쳐져 있고, 집 아래 파란 바다가 보인다. 마치 도화지에 파란색 바탕색을 칠한 그림과도 같은 풍경이다. 파란 하늘 아래서 길을 걸으면 거칠고 힘들었던 마음이 조금은 시원해진다.

또 배추밭에서 아짐(아주머니)들의 노랫가락을 들으면 내내 막혀 있던 머릿속이 뚫리는 것처럼 시원해진다. 혹여 아무도 없는 구기자밭을 지날 때라도 그냥 지나쳐서는 안 된다. 허리만큼 자란 구기자나무에 빨갛게 새끼손톱만 한 구기자 열매가 달려 있다면 가만히 소리에 귀 기울여 보라. 아무도 없는 듯한 밭이지만 조금 시간이 지나면 소리가 들릴 것이다. 밭 끝에서 머리에 수건을 두른 아짐들이 끄적끄적 호미로 땅 긁는 소리, 막걸리 들이켜는 소리, 그러다 "아리 아리랑" 창하는 소리가 들리더니 "사는 것이 징글징글해부러!" 하는 말 소리도 들려 놀랄 것이다.

이심전심(以心傳心)이라 했던가. 내가 하고 싶었던 말을 아짐들이 대신 해 주니 오히려 속이 시원해진다. 그러면서 뒤돌아오는 길에 파란 하늘을 올려다보면 산다는 것에 대해서도 다시 생각하게 된다.

이 세상에 태어나 산다는 것이 내 편이 없는 것 같을 때도 있고, 하소연하고 싶을 때도 있다. 매일 반복되는 생활이 지루할 때는 어디론가 멀리 떠나고 싶어진다. 이래저래 산다는 것이 힘들기도 하고, 내 인생 혼자 걷는 듯해도 하늘을 올려다보면 파란 하늘이 친구가 되어 주는 것 같아 기분이 한결 좋아진다. 인생은 좋은 일이 있어 웃기도 하고, 나쁜 일이 있어 힘들 때도 있지만 하늘에 파란빛이 펼쳐지면 소소한 행복이 찾아온다. 언젠가 파란 하늘처럼 맑아지는 날도 있겠지!

진도는 구불거리는 길이 많다. 곧게 뻗은 길에 비해 멋없어 보이기도 하다. 차를 타고 달리기에 불편할 수 있다. 이른바 꼬부랑길이다. 구불구불 굽이쳐 펼쳐진 길은 차 안에서 지나치기보다는 걸어야 그 맛을 느낄 수 있다.

길을 걸으면서 인생의 속도를 생각한다. 구불거리는 길은 곡선의 미학을 가지고 있다. 돌고 도는 인생길이라고 했던가. 느리지만 천천히 주변의 작은 소리를 듣게 된다. 작은 것에서 큰 의미를 찾게 해 주는 길이다.

진도 특유의 소리는 물처럼 잔잔히 흘러 마음속으로 스민다. 내가 처음 진도에 왔을 때는 그 소리가 잘 들리지 않았다. 들리는 건 매섭게 나뭇잎 떨어지는 바람 소리, 바람에 파도가 일어나는 소리, 차갑게 건물 유리창을 흔드는 소리가 고작이었다. 이렇게 듣다 보니 진도가 들려주는 소리는 내게 스스로를 허물어뜨리도록 '비움과 내려놓음'을 허락하는 소리임을 알게 되었다.

〈진도 씻김굿〉 공연 중 '희설' ⓒ국립남도국악원

비움과 내려놓음

이제껏 얼마나 많은 여정을 겪었는가. 삶의 여정에서는 얻은 것도 있을 것이지만 잃은 것도 있을 것이다. 얻는 게 무엇인지, 잃는 게 무엇인지에 대한 답은 결국 산다는 것과 연결된다. 어렵게 생각하지 않아도 일단 그대는 지쳐 있다.

진도를 찾는 사람들에게 첫 문에 해당하는 울돌목에 서서 어떤 생각이 드냐고 물으면 '죽고 싶다'라는 말을 많이 듣곤 한다. 울돌목의 휘몰아치는 물소리에 자신도 모르게 스스로를 놔 버리고 싶은 것이다. '산다는 것이 너무 힘들어서 죽고 싶다'라는 생각을 한다고 한다. 삶의 힘듦을 획획 집어삼킬 듯한 거센 물살 속에 다 버리고 싶은 심정에서 그런 말을 했으리라 짐작한다.

산다는 것이 어찌 힘들지 않겠는가. 세상은 나에게 줄 것이 없다 하는데, 손에 넣으려 하니 힘든 것이다. 어둡고 어리석은 생각이다. 다른 말로는 이를 번뇌라고도 한다. 헛되이 움직이는 허망한 마음이다.

씻김은 지친 그대의 마음속 허망함을 씻겨 줄 소리다. 그 소리는 아무것도 걸치지 않은 가장 순수한 민낯과도 같다. 맑고 깨끗한 인간 본연의 속에서 울려 나오는 소리를 만나게 된다. 그 소리에서 오랜 시간 흩어져 있던 내 본래의 심연을 들을 수 있고, 내 몸과 마음에 모아져 있는 것이 흩어질 수도 있다.

원래 맑은 마음이던 '나'를 힘들게 얽매이게 한 일, 두 번 다시 보고 싶지 않은 사람 등은 잠시 잊자. 잊는다는 것이 잘되지는 않을 것이다. 힘들었던 감정, 사람과의 대화, 목소리가 계속 떠오른다. 이럴 때는 대체해야 한다. 좋은 소리, 푸른 빛으로 대신 채우는 것이다. 그러면 내 본연의 모습을 가로막고 있던 소리들이 조금씩 조금씩 걷히게 된다.

비운다는 말은 내 속에 가득 차 있는 것들을 순식간에 버리라는 뜻이 아니다. 손에 쥐고 있는 물건은 버릴 수 있다. 그러나 눈에 보이지 않는다고 정말로 버려진 것은 아니다. 보이지 않아도 물건에 대해 아쉬움은 버려지지 않는다. 그것을 '집착'이라 한다.

집착하지 않기란 참으로 힘들다. 간혹 집착과 열정을 착각한다. 자기 일에 열정을 바치는 사람이 있다. 열심히 일한 결과로 돈이 생기고, 명예도 얻어진다고 생각하면 집착이 아니다. 그 사람은 무엇을 하건 열심히 시간을 아끼며, 이 세상에 태어난 것에 감사하며 일하고 있을 테니까. 열정으로 사는 사람은 힘들어도 힘들지 않다. 늘 웃으며 행복하다. 이런 사람은 집착도 없고, 비울 것도 없다.

하지만 나만의 욕망을 위해 움직이기만 한다면 자신도 모르게 허망한 마음이 조금씩 스민다. 그러다 스스로 힘들어 괴로

위한다. 좇아가기만 할 때 쉽게 지친다. 좇는 목표가 되는 대상은 저마다 다르다. 어떤 사람에게는 돈이 될 수도 있고, 학생에게는 공부가 될 수도 있다.

움직여서 무엇을 얻게 될까. 잠시 생각을 바꿔보는 것, 이것을 내려놓음이라고 한다. 내려놓음은 '더 많이, 더 빨리'가 아니라 한 발짝 늦춰보는 것이다. 그리고 주변을 보는 것이다. 내 주위 사람들은 어떠한가. 깊이 생각하지 않아도 된다. 나와 함께 하는 사람들의 표정이 웃음이 많은지 피곤함이 많은지를 보면 된다. 주변 사람들이 나 때문에 표정이 좋지 않다면 다시 생각해야 한다. 일단 잠시 멈춰야 한다. 지금의 '나'를 내려놓아야 한다. 내려놓으려 해도 잘 되질 않는다. 마음만 죄어오는 것이 현실이다. 이럴 때 '힘들지!' 한마디로 손을 잡아주는 소리, 그것이 비손이다.

사실 비손은 옛날 할머니, 어머니들이 자식들을 위해 새벽이면 물 한 그릇 떠 놓고 빌었던 풍습이다. 오직 누군가를 위해 두 손 모아 비비던 소리에 간절한 마음이 담긴다. 비손은 이것저것 많은 말이 필요 없다. '내가 너를 위하고 있어. 힘들어하지 마!' 진심이 담긴 손길만으로 위로를 얻는다.

비손의 소리는 잘 비우고 내려놓은 사람이라면 더 많이 느낄 수 있다. 비손이 담긴 소리는 귀로만 들으려 해서는 놓치는 게 많다. 귀를 타고 들어와 마음을 녹이는 소리다.

진도 어디에서든 비손이 담긴 소리를 들을 수 있다. 하지만 준비가 되어 있지 않으면 들을 수도 없고, 느낄 수 없다. 비손의 소리를 듣기 위해 그대는 울돌목에서 잠시 비움과 내려놓음으로 '나'를 잠시 잊어보자. 그렇게 잊기 위한 소리, 힘들고 지친 몸과 마음을 씻겨 주는 소리, 그 소리로 진도는 그대를 안아 줄 것이다. 울돌의 거친 물결을 귓속에 담아 보자. 그러면 진도는 또 다른 빛으로 그대를 감싸안아줄 것이다.

그리고 씻김, 힘듦을 들어 주고 위로하는 손길

비손의 소리를 가장 많이 담고 있는 것은 씻김의 소리다. 한국 전통문화 가운데 굿이 있다. 예로부터 한국은 기쁠 때나 슬플 때나 함께 나누는 문화가 많다. 특히 여럿이 모여 즐거울 때 흥으로 웃고, 슬플 때 위로하며 함께 어우러져 나누는 것을 '판을 펼친다' 혹은 '멍석을 깐다'라고 한다. 짚으로 짠 넓찍한 카펫 같은 깔개를 멍석이라고 하는데, 그 위에 앉거나 서서 함께 시간을 보냈기 때문이다. 이런 굿판 중에 씻김굿이 있다.

씻김굿은 사람이 죽었을 때 장례 의식으로 행해지는 굿이다. 진도에서는 씻김은 사람이 죽었을 때 죽은 영혼을 달래고 위로해 주는 굿이다. 이러한 굿은 예로부터 내려온 문화라 여러 지방에 있지만 진도의 씻김굿은 독특하다. 굿에 쓰이는 무구(巫

具) 준비부터 마치기까지 아름다움이 배어 있다.

죽은 사람의 넋을 위로하고, 산 사람들의 슬픔을 달래 주고자 하는 당골의 소리는 심금을 울린다. 씻김의 감동은 내 머릿속에 아름다운 그림으로 남았다. 하얀 지전이 흔들리는 소리가 그린 정경, 그 아름다움을 만나기 위해서는 그만한 준비를 해야 한다. 준비된 만큼 다가오는 것이 만남이니까.

일단 겸손해져야 한다. 진도 사람들은 수 천 년 역사의 흐름 속에서 수많은 전쟁과 죽음을 겪어내며 비손의 언어를 지켜내고 있다. 비손은 겸손해 잘 드러나지 않는다. 그들 삶에 흐르는 언어를 이해하기 위해서는 '나'를 지워야 한다. 내가 지닌 언어와 다른 언어가 분명히 있다.

우리는 본디 푸른빛을 지닌 별로 태어난다. 산다는 것이 얼마나 힘든 일인가. 나를 힘들고 외롭고 괴롭게 하는 바깥의 일과 인연 때문에 자신의 빛을 잃어 간다. 이 책을 통해 지친 영혼을 푸른 씻김의 소리로 다시 파랗고 맑게 '씻김' 했으면 한다.

결

결은 무늬다. 나무나 돌이 가지고 있는 문양이다. 표준국어대사전에서는 결을 "나무나 돌, 살갗 따위에서 조직의 굳고 무른 부분이 모여 일정하게 켜를 지으면서 짜인 바탕의 상태나

영돈말이를 세우고 '이슬털기' 하는 모습 ⓒ진도군립예술단

무늬"라고 풀이한다. 잔잔한 물이 흐르는 시냇가 돌의 결은 촘촘하고 매끄럽다. 어떤 돌의 결은 울퉁불퉁하고 거칠다.

마음에도 결이 있다. 부드럽고 곱고 따뜻한 결이 있으며, 반대로 차갑고 거칠고 날카로운 결도 있다. 거친 결을 씻어 다시 고운 결로 되돌려 놓는 것이 '씻김'이다.

씻김을 하기 전에 먼저 씻기게 될 마음을 들여다보고자 한다. 마음이 맑다, 순수하다는 말은 어떤 뜻인지, 맑은 마음이 어떻게 더럽혀지고 오염되는지, 오염된 마음이 어떤 과정을 거쳐서 그 상태를 벗어나는지, 그래서 맑고 깨끗한 마음이 어떻게 더 단단해지며 오래 유지될 수 있는지, 마음결을 밝히고자 한다.

이 책은 먼저 '제1장 씻김결'에서 씻김굿에 관해 소개하고자 한다. 씻김굿의 종류와 당골의 의미를 소개한 다음, '제2장 소릿결'에는 씻김굿의 절차에 따른 굿판에 관한 무구와 당골의 소리, 사설, 굿판 풍경을 담았다. '제3장 바람결'에서는 씻김굿 채정례 당골의 굿을 소설화하여 문학적으로 드러내고 씻김굿 명인에 관해 소개했으며, 마지막으로 '제4장 마음결'에서는 씻김굿이 품고 있는 마음의 무늬를 시와 수필로 담고자 한다.

제1장

씻김결

굿은 마음들의 모임이다. 달리 말하면 변화를 이루려는 마음들의 모여듦이다. 그래서 함께 마음을 나누는 것이다. 슬픔도 나누고, 괴로움도 나눈다. 함께 하면 슬픈 것도 괴로운 것도 나중에는 웃음이 되고 즐거움이 되고 흥이 된다.

예로부터 굿의 시작은 농사와 번영을 위한 하늘에 제사를 지내던 천신제에서 뿌리를 둔다. 결국 굿의 본질적 목적은 너와 나 우리를 위한 간절한 마음을 모으고, 그 마음을 내보이는 자리를 펴는 것이다. 사람들이 모이는 자리에 삼현육각 악기들이 모여 음악 소리를 내며, 소리로 마음을 훑으며, 춤으로 흥을 더한다.

우리말에 '신이 난다' '신명이 난다' '신바람 난다'라는 말이 있다. 굿은 지친 삶에 신이 나게 하는 것이다. 외롭고, 힘들 때

음악으로 위로하며, 좌절했을 때 힘이 나도록 흥을 내어 신바람을 불어 준다.

씻김굿은 죽은 영혼을 씻겨 좋은 곳에 태어나길 빌어 주는 굿이다. 나는 잘 사그라들기 위한 굿이라고 말하고 싶다. 모든 존재는 생겨나고−머물다−변하고−사그라드는(죽어가는 것, 사라지는 것) 과정을 거친다. 결국 무엇이 되었건 죽는다는(사그라들거나 사라지는) 것을 피할 수 없다.

처음 생겨났을 때는 탄생의 기쁨의 축하를 받는다. '온 것'에 대해 환영받는다. 씻김굿은 반대로 죽음, 가는 것, 사라짐에 대해, 잘 보내기 위해 하는 것이다. 한평생 고단하게 움직이던 육신을 수고했다고 잘 보내 주는 것이다. 죽음을 목숨에만 국한해서 생각할 것이 아니다. 왜냐하면 우리는 매일 죽음을 맞이하기 때문이다. 하루 해가 떴다가 밤이 되면 사라진다. 밤은 해의 죽음이다. 모든 '온 것'에 잘 가라고 보내주는 마음의 의식이 씻김굿이다.

죽음은 당장 슬프다. 함께 했던 사람이 죽음의 길을 간다는 것이 세상이 무너지는 슬픔이 몰려온다. 슬픔과 괴로움을 맞이한 사람들에게 위로를 위해 굿판의 가락은 슬픔에서 흥겨움으로 변한다. 슬픔을 달래 주어 잘 추스르고 새로운 날들을 이어가라는 위로와 기운을 북돋아 주는 것이다.

씻김굿의 종류

곽머리 씻김굿

씻김굿에는 두 가지 종류가 있다. 망자의 시신을 안치한 관이 있느냐 없느냐에 따라 구분한다. 곽머리 씻김굿은 대개 집안에 어른이 돌아가시고 장례 치를 때 많이 하는 씻김굿이다. 사람이 죽으면 염을 한다. 염은 시신을 잘 씻겨 삼베 잘 감싸는 것으로, 염을 한 뒤 관에 안치한다. 관을 묘소에 묻기 전에 방안에 두고 향을 피우고 씻김굿을 한다.

죽은 망자에게는 이때가 이승에서의 마지막이다. 살면서 품은 원한 다 풀고 가라고 씻김굿을 한다. 관이 출상하기 전에 나쁜 액, 부정을 다 풀어지고 살아 있는 가족에게 복을 기원하는 굿을 펼친다. 관에 질베를 묶고 고풀이를 한 다음 씻김을 한다.

날받이 씻김

　날받이 씻김굿은 당장 집안에 돌아가신 분이 없는데도 특정한 날을 잡아서 하는 굿이다. 집안에 안 좋은 일이 생기는 경우에 한다. 이때는 오래전에 돌아가신 부모님, 조부모님을 위해 좋은 곳에 가시라고 씻김을 한다. 집안에 걱정거리가 생기고, 교통사고를 당한다든지 나쁜 일이 생기면 망자의 영혼이 좋은 곳에 가지 못했기 때문이라고 여기는 탓이다. 죽은 조상의 넋을 위로하고 살면서 가슴에 맺힌 한(恨)을 풀어 주는 것을 천도(薦度)라고 한다. 천도의 의미로 씻김굿을 하는 것이다.

당골

무당은 굿을 하는 사람이다. 전남 지방, 특히 진도에서는 당골이라 부르는데, 여기서 당(堂)은 하늘을 가리킨다. 무(巫)는 고대 부족 국가에서 하늘에 제사를 맡아 하던 사람이나 일들에 붙이는 단어다. 무당은 영적인 능력이 있어서 눈으로 보이지 않는 영혼을 보는 능력이 있다. 서양에서는 샤먼(shaman)으로 하늘이나 신을 연결해 주는 중간 매개자를 말한다. 신과 접신이 이루어지는 것을 신내림이라 하는데, 신내림받는 무당을 강신무라 한다.

강신무

강신무는 운명처럼 신을 받아들인다. 무당이 되기 싫어 신내림이 받지 않으면 이유 없이 몸이 아픈 신병(神病)을 앓는다. 신병은 의학적으로 설명이 되지 않아서 약을 써도 듣지 않는다. 또, 불행한 일들을 겪는다. 보통 사람이 감당하기 힘든 일들로 마지막에 신내림을 결정해 무당이 되는 것이다. 무당도 일정한 학습 과정을 거친다. 큰무당, 신어머니에게 제자 또는 신딸이 되어 무당이 되기 위한 훈련을 받는다. 모든 훈련을 거친 후 정식 무당을 인정받는 굿을 하는데 바로 신내림 굿이다.

세습무

당골은 당골 무당이라고도 하는데 강신무가 아니라 세습무다. 당골은 신내림을 거치지 않고, 신병을 앓지도 않는다. 이들은 대개 가족을 통해 이어진다. 결혼도 무계(巫界) 집안과 한다. 그래서 성씨를 보면 그 집안이 무속(巫俗)에 종사하였는지를 알 수 있다.

진도의 세습무 성씨에는 강, 김, 노, 박, 안, 양, 이, 진, 채, 최, 한, 함 등이 있다.[1] 이들 집안과 결혼한 여자 즉 며느리가 당골이 될 수 있다. 다시 말해 며느리에 의해 승계가 되는 것이다. 이것을 세습무라고 한다. 무당이라 하면 대개 신을 받아 신내

---

1 박미경·박주언, 『진도 세습무 박씨 가계도 재구성 연구』, 민속원, 2007.

림굿을 하는 사람들을 말하는데 씻김굿을 하는 세습무는 다르다. 여자가 시집을 가서 시댁에서 굿 하는 법을 배워 당골이 되기 때문이다. 무속, 즉 무계 집안의 남자들은 직접 굿을 연행하지 않는다. 여타 무당굿에서는 주술적인 느낌이 강하게 느껴진다. 그러나 세습무에 의한 씻김굿에서는 음악적, 예술적 부분이 돋보인다.

현재 세습무는 이어지지 않고 있다. 애석한 일이다. 이유는 당골은 사회적 시선이 곱지 않았기 때문이다. 옛날 당골들은 사회적으로 무시받았다. 동네 아이들도 당골이 지나가면 함부로 말했을 정도다. 이러다 보니 동네에서 떨어진 곳에 당골끼리 모여 살았다.

당골의 삶

옛날에 큰 병원이 없던 시절이 있었다. 시골 마을은 집들이 옹기종기 모여 살았다. 갑자기 아이가 배가 아프거나 열이 날 때 급하게 불러오는 사람은 의사가 아닌 당골이다. 산모가 아이를 낳아야 하는데 잘 낳을지 걱정이다. 그러면 시어머니가 당골을 불러온다. 그러면 당골은 아기 잘 낳으라고 산모 배에 손을 얹고 빌어준다. 아들이 장가를 가야 하는데 언제가 좋은 날인지 당골에게 찾아가 상의를 한다. 당골은 좋은 날이라고 날을 잡아준다. 바닷일을 나갔다가 누가 물에 빠져 죽었다. 그러면 당골을 찾는다. 당골은 온 마을 궂은일이 생기면 마을 사람들을 만나 이야기를 들어 준다. 힘든 일 잘되라고 빌어 준다. 누구네 집 초상이 나면 제일 먼저 연락하는 곳도 당골이다.

당골은 마을 사람들의 상담사이자 해결사였다. 그럼에도 당골은 하대와 비난의 눈초리 속에서 살아야만 했다. 당골은 말은 하지 않아도 스스로 낮음을 인식하고 있었다. 낮음을 있는 그대로 받아들이는 것은 낮음에 대한 인식이 아니다. 그것은 '숭고(崇高)'다. 삶에 대한 숭고, 곧 높게 우러르는 마음이다.

천시하는 시선을 피하지 않고 당당히 굿판에 서는 당골이 있다. 돈벌이를 위해 어쩔 수 없이 굿을 하였다. 돈만 보는 당골은 시련도 많다. 하지만 한결같은 마음으로 굿을 준비하는 당골은 맑다. 살림은 가난하다 해도 함께 나누고자 찾아오는 사람이 많다. 이것이 맑은 것이다.

사람들은 배우지 않아도 마음속에 이미 '좋은 것, 좋은 사람'을 알고 있다. 좋은 것은 나에게 피해를 주지 않고, 어려울 때 방패가 되어 주는 사람이다. 어려울 때 찾는 당골은 이미 좋은 사람이다. 당골이 천시와 하대를 당하는 이유는 굿으로 어려운 마음들을 풀어 주기보다 그 너머에 있는 돈과 욕망을 보기 때문이다. 좋은 당골은 하대와 천시의 시선, 즉 '좋다–나쁘다'라는 생각을 일으키는 분별심을 잊은 것이다. '이렇다–저렇다'

'좋다−나쁘다' 이런 생각을 일으키지 않는 것을 '흐름을 잊었다'라고 하며, 흐름을 잊은 마음은 단단한 마음이다.

이런 단단한 마음이 서야 비로소 남을 위해 빌어 주는 마음이 진심이 되어 영혼까지 움직이는 소리를 얻게 된다.

요즘은 당골을 찾고 싶어도 없다. 옛날 어려운 일 생기면 찾아갈 당골이 있고, 집안에 안 좋은 일이 있으면 와서 소리와 춤으로 풀어 주던 굿도 보기 힘들다.

제2장

소릿결

질베 위에 반야용선을 띄우고 '길닦음' 하는 모습 ⓒ진도군립예술단

누구든 사람이 태어나 죽는다는 건 큰 슬픔이다.

피었던 꽃도 지면 서글프건만 하물며 태어나 함께 밥을 몇 해를 먹었으며 함께 몇 해를 웃었던가.

이제 그 모습 볼 수 없으니 속에서는 할 말만 쌓여 간다.

해 주지 못한 것, 가는 길에 원 없이 해 주리라.

씻김굿 준비

　사람이 죽으면 제일 먼저 집안의 친인척에게 죽음을 알린다. 이를 부고(訃告)를 알린다고 한다. 그리고 제사상을 차린다. 대개 사람이 모여 앉기 좋은 마당에서 행해진다.

　병풍을 친다.
　씻김을 받을 망자 사진을 가운데 놓는다. 사진이 없으면 지방을 쓴다.
　그 앞에 상을 놓고 음식을 올린다. 술과 고기, 과일을 순서에 맞게 놓는다.
　조상상 앞에는 액상을 놓는다.
　작은 상 위에 종이를 깔고 쌀을 부어 놓는다.

지전과 넋, 제사상과 액상 등의 무구들

돌아가신 조상 수만큼 그릇에 담는다.[2]

쌀 그릇 위에 초를 꽂고 불을 켠다.

하얀 명주실과 수저도 올려놓는다.

상에 망자를 축원하기 위해 돈도 올려놓는다.

액상 왼편에는 손대백이를 놓는다. 널찍한 그릇에 쌀을 담아 꽂는다. 손대는 대나무 가지에 종이를 감싼다.

---

2 황루시, 『진도씻김굿』, 화산문화, 2001, 25쪽.

〈진도 씻김굿〉 공연 중 '초가망석'에 쓰인 넋당석 ⓒ국립남도국악원

무구 준비

넋당석 - 영혼이 사는 집

굿에 사용되는 도구를 '무구(巫具)'라 하는데, 필요한 무구는 당골이 직접 손으로 만든다. 무구를 준비하면서 마음가짐도 단정히 갖추기 위해서다. 무구 중에서 넋당석은 창호지로 필보살을 오려 만든 것이다. 필보살은 사람 모양이다. 사람의 이목구비, 엄지손가락, 대님, 신발코까지 정교하게 오린다. 이것을 동구리라는 대나무 광주에 넣어서 신광주리라고도 하는데 당삭, 넋당삭, 당석이라고도 부른다.

망자가 여자면 치마를 입은 여자 형태로, 남자면 갓을 쓴 남자 형태로 오린다. 넋당석을 망자상 앞에 놓으면 망자의 넋이 깃든다고 한다. 넋당석은 영혼이 사는 집이 된다. 넋당석에는 필보살, 국숫발, 당석지전, 명두전으로 꾸민다.

국숫발

집에 기둥이 있듯이 넋당석에도 기둥이 있는데 바로 국숫발이다. 국숫발은 망자의 혼이 타고 내려와 넋당석으로 들어가 앉는다고 한다.

국숫발은 국수처럼 종이를 오려 시누대라는 젓가락만 한 길이의 대나무 대에 감아서 만든다. 시누대를 흔들면 마치 하얀 댓잎들이 팔랑팔랑 흔들리는 소리가 난다.

당석 지전

지전은 망자가 저승에 갈 때 쓰는 돈을 의미한다. 종이로 만든 돈이라는 뜻이다. 가위로 엽전 모양으로 오린다. 지전은 손에 쥐고 굿을 할 때 쓴다. 어떻게 보면 종이로 만든 먼지떨이처럼 생겼다.

긴 종이가 늘어져 있는 것이 종이가 흔들리는 소리 또한 아름답다. 당골이 지전을 손에 쥐고 흔들 때 화려하게 피어나는 꽃과 같다. 당석 지전은 국숫발에 귀걸이처럼 매다는 것으로 손에 쥐는 지전에 비해 작다.

명두전

넓고 큰 종이를 접은 뒤 그 위에 종이를 꼰 실로 매듭을 묶은 것을 의미한다.

넋

넋은 죽은 사람의 영혼이다. 넋발을 길게 오리고 죽은 사람이 남자면 남자로, 여자면 여자 모양으로 오린다. 그리고 본체 주위와 늘어진 넋발 끝을 둘둘 감아서 모양을 꾸민다.

지전

넋전, 돈전이라고도 한다. 창호지를 가늘게 접어 만들며 저승으로 갈 때 쓰는 동전이다. 돈 때문에 얼마나 많이 괴로워하는가. 죽어서라도 마음껏 쓰라고 풍성하게 만든다.

제석모

고깔이라고도 한다. 모자 형태로 접어서 만든다. 당골이 머리에 쓰고 굿을 한다.

〈진도 씻김굿〉 공연 중 '고풀이' ⓒ국립남도국악원

길게 늘어진 천이 '질베', 묶인 천이 '고'다. ⓒ국립남도국악원

손대

손대는 신대라고도 한다. 흰 쌀을 담아 두는 널찍한 그릇인 손대백이에 꽂아두었다가 액막이나 손대잡기를 할 때 쓴다. 죽은 사람 혼이 내려오라고 쓴다. 혼이 내려오면 손대가 흔들린다고 한다.

질베

하얀 무명천이다. 베로 만들어서 부녕베인데 실베라고 한다. 죽은 영혼이 가는 길을 상징한다. 고풀이할 때 가슴에 풀지 못한 한을 '고'라고 하는데 이 고를 풀어 좋은 곳으로 가라고 천도하는 길이다.

소릿결

당골은 무구가 준비되면 정갈한 옷으로 갈아입는다. 그리고 '씻김'을 시작하기 위해 집을 나선다. 상갓집 대문 밖에서부터 마당까지 동네 사람들이 북적인다.

베옷을 입은 상주들은 손님을 맞느라 분주하다. 베가 거칠거칠할수록 고인(故人)에 대한 깊은 정을 나타낸다. 맏상제가 당골에게 술을 따라 주면 잔에 술을 받아 상에 올린다. 고인과 집안 조상들에게 인사를 하는 것이다. 이후 당골은 상주들과 맞절을 한다. 부모님이 이렇게 돌아가셔서 얼마나 상심이 크신가 등 위로의 말을 건넨다.

방에는 두 개의 상이 차려져 있다. 성주상과 조상신을 위한 제사상이다. 병풍 앞에 고인의 사진이 놓여 있고 병풍 뒤에는 고인이 관으로 모셔져 있다. 제사상에는 과일과 술, 고기가 놓여 있고, 집안의 남자 숫자만큼 쌀 그릇에 촛불이 꽂혀 있다.
실타래도 있고 돈도 놓는다. 상이 모두 준비되면 당골이 징을
치며 안땅을 시작한다.

안땅

안땅은 집안에 좋지 못한 기운, 악귀를 몰아내고 집안을 지
켜주는 신(神)인 성주신과 먼저 돌아가신 조상들에게 굿을 하
게 되었다고 고하는 소리다. 징을 두드리고 피리를 불고 여러
악기 소리로 요란하니 놀라지 마시고, 굿을 즐기고, 향을 피워
날리니 좋은 향 많이 맡으라고 당골이 굿을 하게 된 이유를 말
한다.

당골은 굿하는 집 주소와 누구 집안, 자손은 누구이며, 자손
의 이름과 나이, 어느 집인지, 어떤 이유로 굿을 하게 되었는지
고한 뒤에 "명주머니 목에 걸고 자손 치시 품에 안고 복줌치는
손에 들고 오셔서 자손들을 도와 달라"고 축원을 한다.[3]

찬독술 왼독술에 산해진미 장만하여 마당삼기 뜰삼기 염천

　도우 시우삼기 야력잔치 나서서 불쌍하신 망제님을 씻겨서

---

3 황루시, 『진도씻김굿』, 위의 책, 38쪽.

나 천도하자 이 잔치 났습니다.

안으로 돌아 들어 올라 사십오세 칠십에 중궁자발 받던 우도감성주, 좌로감성주, 모루잡던 성주, 대공잡던 성주입니다. 성주아관 모셔놓고 철리갔던 선영, 만리호상에 오실적에 명주머니 목에 걸고, 자손치시 품에 안고, 복줌치는 손에 들고 배날 듯이 실날 듯이 청자받어 오실적에 김씨 할아버지 할머니 양위질성에 차리차리 오셔서 매진시 석반에 자수 음향하옵소서.

죽음은 예고 없이 찾아온다. 옹기종기 모여 있는 작은 마을에 사는 누군가의 죽음은 동네 큰 소식이다. 얼마 전까지 구불거리는 논길을 자전거 타고, 병원 가는 길에서 본 것 같은 이웃이 죽었다는 소식은 믿어지지 않는다. 밭에서 함께 땀을 흘리며 일하던 이웃이 하루아침에 생을 달리하면 어떠한가. 마을 전체에 알 수 없는 슬픔이 연기처럼 떠돈다. 나는 이렇게 살아 있는데 그대는 눈도 못 뜨고 저세상 가 버리니 못다 한 말 누구에게 하련가.

가장 크게 슬퍼하는 사람들은 가족일 것이다. 평생을 함께 살아온 남편이나 부인의 죽음은 믿기지 않는 일이다. 무엇보다 큰 충격을 주는 것은 준비 없이 찾아온 죽음이다. 존재의 탄생을 알리는 것도 중요한 의미다. 기쁨보다 그 사람이 '나'라는 사람이 이렇게 존재한다고 목소리로, 냄새로, 행동으로 보고, 듣고, 말하는 것으로 드러낸다. 그것이 존재의 의미를 보이지 않는 시공간에 남긴다. 산다는 것은 존재의 의미를 만들고, 드러내며, 느끼고, 공감하는 것이다. 같이 호흡하던 사람이 죽었다는 소식을 들으면 어떨까. 부인과 자식 그리고 형제들을 포함한 가족들은 숨을 멎을 것 같은 슬픔에 잠긴다. 죽음을 인정하고 싶지 않다. 마냥 어제 그러했듯이 방 안에 앉아 있을 것 같고, 밥상을 보면 다가와 앉아서 밥을 먹을 것만 같다.

안땅의 징 소리는 크고 요란하다. 믿어지지 않는 죽음에 놀란 가슴처럼 꽝꽝 울린다. 안땅은 가족들만 참여한다. 당골은 가장 놀라고 슬픔 가족들을 위해 위로하는 말을 한다. 조상들께도 남은 자손 잘 되기를 빌어준다. 죽음은 또 다른 잔치다. 없음이 있음이 되는 잔치, 슬픔이 기쁨이 될 잔치다.

살면서 많은 일들로 피곤했던 몸이 쉬게 되었으니 기쁨이 되기도 한다. 긴 세월 잘 참고 견디며 살았으니 그것만으로 잘한 것이라고 당골이 빌어 주고, '나'를 아는 이들이 함께 모여 좋은 음식도 많이 차려 놨으니 잔치이다. 그래서 당골은 이렇게 소리를 한다.

정성이 지극하여 대궐같은 성주님을 모셔놓고 원근 선영님
을 모셔놓고 이 잔치를 나서자 상책놓고 상날가려 중책놓
고 중날가리고 생기복 덕일을 받아서 이 잔치를 나셨습니
다.[4]

굿은 죽은 영가(靈駕)들을 위해 음식을 차려 놓고 향을 피우
는 의식이다. 그러나 지금 살아 있는 자손들을 위해서 아낌없
이 주고자 하는 마음을 나누고 만남이 이루어지는 소통의 자리
도 된다. 어제까지 나를 돌보지도 않고 일만 한 '나'를 위해, 잠
시 동안이나마 무엇을 놓치고 살았는지 생각할 수 있는 시간을
주는 자리이기도 한다. 얻으려고, 가지려고 일만 하며 바쁘게
산 '나'에게 누군가의 죽음을 빌미로 잠시 나를 되돌아볼 기회
가 손님처럼 찾아온 것이다. 마치 손님이 찾아와 띵동 하고 초
인종을 누른 것과 같다.

'이제 잠시 떠날 보낼 것이 무엇인지 생각 좀 해보게.'

당골이 땅땅땅 징을 치며 지극정성으로 좋은 덕을 받아서 잔
치가 나셨다고 안땅으로 알린다.

---

4 나경수 외, 『진도의 상장의례와 죽음의 민속』, 진도군청, 2013, 146쪽.

초가망석

　안땅이 끝나면 당골이 넋을 병풍에 붙인다. 넋은 씻김을 받을 고인(故人)의 영혼을 상징한다. 이제 본격적으로 마당이나 사람들이 모여 앉을 수 있는 널찍한 장소에서 굿판을 벌이는 것이다. 초가망석은 손님, 즉 신과 죽은 망자의 혼을 초대하는 굿이다. '초'는 초대한다는 뜻이고, '가망'은 신의 응답이라는 뜻이다.[5] 가망의 뜻은 정확하지 않고 처음이라는 뜻과 초청한다는 뜻이 있다.[6]

　날이 어둑어둑하다. 상갓집 마당에 멍석이 펴지고 상주들도 문상을 온 손님 맞이하느냐 바쁘다. 동네 사람들과 상주 친구들이 와서 상차림을 도와준다. 집 안이 제법 사람들로 북적인다. 안에는 환하게 불을 켠다. 문상하러 온 손님들은 음식이 차려진 상을 중심으로 두런두런 둘러앉아 이야기한다. 음식을 먹으며 어떤 이는 고인을 생각하며 씁쓸해진 마음을 달래기 위해 막걸리를 한 잔씩 주고받는다.

　당골은 초가망석 사설을 읊기 시작한다. 초가망석으로 본격적인 굿판이 시작된다. 당골은 한지로 풍성하게 만든 지전을

5 박미경·윤화중, 『한국의 무속과 음악』, 세종출판사, 1996, 57쪽.
6 황루시, 『진도씻김굿』, 앞의 책, 41쪽.

손에 쥔다. 스르르 움직일 때마다 소리가 난다. 마치 댓잎이 바람에 흔들리는 소리 같다. 당골의 목소리가 더욱 슬프고 애처롭다.

늙어 늙어 만련주야 다시 젊기 어려워라
신이로- 허어허어 마야 장천 오날이로고나
에에에 에에에 허어 허어어 에헤에 히이야

은항산 그늘 아래 슬퍼우난 저 벅궁새야
너는 어이 슬피를 우느냐 죽은 고목이 새순이 나서
가지가지 꽃이 피니 마음이 슬퍼 울음을 우느냐

산도, 이 산도 쉬어 가고 저 산도 쉬어가고
양우 양산 쉬어갈제 동네 들어 동네 짜망
방네 들어 방네 짜망 시름 시름 쉬어나 갑시다

사람이 죽으면 영혼이 저승으로 가기 전 살던 곳을 한 번 돌아보고 간다고 한다. 영가도 살았을 때와 똑같은데 자신이 죽었다 하니 믿어지지 않을 것이다. 늙으면 젊어지기 어려운데 나는 늙은 몸이 되도록 무엇을 했는가. 생각하면 눈물이 흐른다. 저승으로 가기 전 동네 입구를 들어오니 애달프고 애달픈

내 고향, 내 집, 내 식구들 떠나가려니 가슴이 아프다. 들려오는 새소리도 슬프다. 다 죽은 고목나무에서 새싹이 돋고, 나무마다 꽃이 피는 아름다움을 두고 가려니 슬프다. 쉬엄 쉬엄 내가 살던 곳을 더 보면서 떠나가야겠다. 그런 내용을 담고 있는 사설이다.

동네 사람들은 가만히 앉아 사설을 듣는다. 누군가의 죽음이지만 늙는 것은 누구도 피해 갈 수 없는 것이기에 자기 자신의 늙음도 떠올린다. 사뭇 진지해진다. 여자들은 고인을 생각하며 눈물을 흘린다. 남자들은 조용히 남들이 보지 않는 곳으로 피해 담배를 피운다. 이쯤이면 상주들은 손님을 맞이하며 위로 인사를 주고받는다. 집안 누군가는 슬픔을 잊기 위해 바쁘게 움직인다. 움직이면서 당골의 소리를 듣는다. 고인을 떠올리면 눈물이 고인다. 동네 사람들이 와서 음식 차리는 일을 도와준다.

당골은 초가망으로 영가를 초대한다. 죽은 영혼들을 초대한다고 북을 두둥 크게 울리고 장구를 친다. 안땅으로 집안을 지켜주는 신과 집안 조상 영가들에게 이와 같은 연유로 굿을 하게 되었다고 인사를 하였다면 이제는 본격적으로 굿판을 벌이니 어서들 오라고 초대하는 굿이다.

굿은 영가를 위해 좋은 음식을 차려 놓고 풍악을 올려 대접해 산사람(후손)에게 복을 기원한다. 좀 더 넓게는 '나'를 중심으로 너와 나 내가 살고 있는 땅과, 산, 하늘, 그리고 생명이 있는 모든 존재들을 위해 잔치를 벌이니 어서들 오라고 초대하는 것이다. 영가도 초대하지만 산 사람도 초대하는 것이다.

굿은 죽은 영가가 찾아오라고 가무악(노래, 춤, 악기)으로 초대한다. 죽은 영가를 위한다고 하지만 산 사람들에게는 보시와 위로의 잔치판을 벌이려 하니 당신을 초대한다고 소리를 한다. 동네에 크게 울리는 징과 장구, 당골의 소리를 듣고 집 안에 가만히 있을 수는 없다. 동네 사람들은 굿 구경 삼아 상갓집을 찾는다. 당골의 소리에 초대된 것이다.

'이 굿 소리를 듣고 그대 가슴 묻어둔 사연들 씻어 보세. 그동안 바쁘게 움직이며 산 그대도 이 굿 소리 듣고 쉬어 가게.'

떠는 듯 굵직한 목소리로 내뱉는 당골이 지전을 들고 춤을 춘다. 지전이 흔들린다. 마치 하얀 갈매기 한 마리가 날개를 펴는 것 같다. 앞으로 그대의 힘듦이 갈매기처럼 저 멀리 날아가 버리라고 말하는 듯하다.

'자, 이제부터 베풀려 하니 어서들 오시게.'

소리를 하며 당골이 지전을 들고 춤을 춘다. 잠시 모든 것을 멈추고 밖으로만 맴돌던 생각과 영혼은 당골의 소리를 따라 되돌아보는 시간이 된다. 밤이 깊어진다. 징 소리는 더욱 크고 빠르게 울리고, 모인 사람들의 마음은 차분히 깊은 어둠으로 들어간다.

손굿쳐올리기

손굿은 손님굿이라고도 한다. 천연두나 홍역의 신인 마마신이나 손님으로 온 죽은 혼령들에게 좋은 음식을 대접하고 노래하는 것이다. 망자가 이승에서 가장 친했던 친구들의 영혼을 불러들인다고 해 '마실이굿'이라고도 한다.

마실은 마을, 동네라는 순우리말이다. 친구 집에 놀러 간다는 표현을 '마실 돈다' 혹은 '마실 간다'라고 한다. 굿을 할 때에도 죽은 친구들의 영혼에게 마실 오라고, 함께 즐겁게 놀다 가라고 대접하기 위해 '마실이상[7]'을 사린다.

손굿은 '쳐올리기─치국잡이─손님 여의기' 세 부분으로 나누어 진행된다.

쳐올리기

초대한 조상신, 망자, 손님들을 환영한다는 뜻이다. 당골이 선 채로 무가를 노래한 뒤 춤을 춘다.

넋이로세 넋이로세 넋인줄을 몰랐더니 오늘보니 넋이로세

신이로세 신인줄을 몰랐더니 오늘보니 신이로세

7 망자의 죽은 친구 영혼들을 위해 차리는 상.

오늘보니 신이로세 넋일랑은 오시거든 넋당삭에 모셔오고

신일랑은 오시거든 신상에다가 모셔오고

신 넋이 오시거든 [좋은 가마에]모십시다

이 넋이 오실적에 어거석석 비어내서

넋당석 몰아올제 앞 어두워 오실까봐

연지등 자라등 초롱등 불 밝히고

대마정 소마정 당삭맞어 오시더라[8]

치국잡이

영가에게 이 굿으로 자손들에게 복을 달라고 하면서 '치국(治國) 밝아오시더라' 하고 첫 번째 치국부터 옛 나라 이름과 왕의 이름 뒤에 치국을 붙이는 무가를 읊는다.

첫 치국은 경상도 김부 대왕 치국이요

두 번째 치국은 전라 전주 기자 사씨 왕씨 치국이요

세 번째 치국은 송도 앉은 태자 왕씨 치국이요

네 번째 치국은 사백 년 도읍인데

8 국립남도국악원, 『(국립남도국악원 총서 5) 채정례 진도씻김굿』, 국립남도국악원, 2006, 425쪽.

경기 인왕씨라 오라 정 치국이라 하옵니다.[9]

손님 여의기

여읜다는 말은 보낸다는 뜻이다. 굿을 잘 받은 손님을 물 좋고 경치 좋은 곳으로 보낸다는 내용이다.

> 만리 호상가신 어진 조상신에 넋신을 모셔놓고
> 마당삼기 뜰삼기 시우삼기 영천도모 야락잔치로
> 대잔치로 나서와서 어진 선영님네 잔치차로 오시난데
> 넋신은 모셔서 넋관에 모시고 시체는 모셔다가
> 사계화단에 느진 모셔 잔치차로 오소사 만리 호상가신 조상
> 천리 호상에 가신 넋이 잔치받아 오십시다[10]

오시라, 오시라 어서들 오시라! 다들 와서 굿 보고, 술 한잔들 나누세! 초대하는 것이다. 죽은 망자와 친했던 죽은 영혼들도 불러들이고 더불어 산 사람들도 다 불러들인다. 다 모여 함께 나누자!

당골은 무가가 끝나면 처연한 듯 지전을 날리며 지전춤을 춘다.

9 박미경·윤화중, 『한국의 무속과 음악』, 앞의 책, 200쪽.
10 박미경·윤화중, 『한국의 무속과 음악』, 앞의 책, 201쪽.

제석굿

제석굿은 살아 있는 자손들의 번영을 빌어 주는 의식이다. 제석(帝釋)은 금강저를 손에 들고 있는 불교의 수호신이다. 제석은 살았을 적 사람의 행적(업)에 따라 복과 벌을 내린다. 인도 성전 리그베다에 등장하는 천신 중 벼락을 신격화한 가장 강력한 힘을 지닌 신이었으나 불교에 수용되어서는 범천(梵天)과 함께 호법선신의 역할을 맡게 되었다. 『법화경』 서품에서는 "제석은 환인이며, 도리천주이고, 옥황상제로서 제석이라 일컫는다"라고 나와 있다.

당골은 흰 장삼에 붉은 띠를 두른다. 당골을 제석을 맞이하였으니 집안의 부귀영화를 빌어 주고, 나쁜 일들을 막아달라는 무가를 여러 대목에 걸쳐 부른다.

제석이 하늘에서 내려와 맞이하는 것에서 시작한다.

제석맞이 (오시더라)

당골이 제석을 맞이하는 무가를 부른다. 제석이 내려오면 제석의 옷차림을 묘사한다.

오시드라 오시드라 천황지석 일월지석 불의지석이니 나려
를 왔네

에이야 에헤 지석이 왔네 에이야

중타령

제석의 옷차림을 묘사하는 대목이다.

제석풀이

제석이 내려와 지석님네 딸이 이쁘다는 소문을 듣는다. 제석은 선비들과 내기한다. 제석은 지석님네 딸을 볼 수 있다고 장담하고, 아무도 없는 틈을 타서 지석님네 집에 찾아간다. 도술을 부려 동냥하는 중이 된 제석은 지석님네 딸이 동냥을 주자 덜컥 손목을 잡는다. 딸에게 아들을 낳거든 산이라 이름짓고 딸을 낳거든 강이라 이름 지으라고 사라진다. 후에 딸은 아기를 갖게 되고 집에서 쫓겨나 제석을 찾아가 천황지석, 원불지석, 용궁지석을 마련한다는 내용이다. 제석풀이 과정에 '앉은 조달'이 있다. '앉은 조달'에서는 고수(장구재비)와 당골이 대화하듯 서로 말을 주고받는다.

제석(중)이 지도문을 외우며 금강산 구경도 가고, 절 구경도 하여 고인에 집에 도착한다. 이때 굿을 보는 고인의 가족이나 사람들이 돈을 주며 시주를 한다. 시주를 받은 대가로 집을 지어 주고 복을 비는 대목이다.

중타령과 제석풀이가 끝나면 당골은 제석춤을 춘다.

왕아 제석이로고나 제석, 제석님네 아버지는 천왕제석을

살으시고 제석님네 어마니는 일월제석을 살으시고

제석님네 아들애기 포도 국사 살으시고

제석님네 딸애기는 인물이 좋아 예쁘거든

바느질 글귀 열어

나라(國), 면(面) 거둬, 촌(村) 거둬 가시더라

새왕산 화주승이 제석님네 애기씨 인물 좋다는 말을 듣고

나오실제 장삼에 가로누빈 고깔에 송죽을 둘러메고

새왕산 봄바람에 한양주를 취히 자시고 흐늘흐늘 오시더라[11]

성주풀이(에라만수)

성주(成主)는 집안을 보살펴 주는 신이다. 옛 조상들은 대궐 같은 집에는 큰 성공을 할 수 있게 보살펴 주는 성주신이 있어 집안이 번성한다고 믿었고, 집이 크면 클수록 큰 성주가 깃든다고 보았다. 성주풀이는 성주신을 부르는 대목이다.

대궐 같은 성주 모시고 관라 같은 성주님을 모시고 우도감

성주 좌도감성주 십이성주대감을 모셔놓고

오방철륭 오방지신에서 다 정성이 지극한 김씨가문에서 성

11 국립남도국악원, 『(국립남도국악원 총서 5) 채정례 진도씻김굿』, 앞의 책,
431~451쪽 참고.

주님을 모셨으니 어떠하신 성주님이신데 모를 리가 있으리
까.[12]

에라만수 에라대신이야 천열이냐 환열이냐
환열청청에 새경각 대활연으로 설설이 나리소사[13]

　'앉은 조달' 대목에서 당골은 '당', 고수는 '고'로 표시했다. 이
책에서는 채정례 당골과 남편인 악사 함인천 부부의 씻김굿
'앉은 조달' 대목을 참고하여 작가의 견해로 신는다.

　앉은 조달

　당: 상자씨

　고: 예

　당: 중 오고 대사 오고 육관대사 성신 왔소.

　고: 무슨 말씀을 하실라?

　당: 질 때가 어이 되었소. 바쁘면 서서 가고 안 바쁘면 앉아

　　　가고 상좌처분이요.

　고: 예. 질 때는 날은 저물어졌어도 바쁘지 않으니 앉아서

　　　쉬어 가시오.

---

12 나경수 외, 『진도의 상장의례와 죽음의 민속』, 앞의 책, 164쪽.
13 국립남도국악원, 『(국립남도국악원 총서 5) 채정례 진도씻김굿』, 앞의 책, 120쪽.

당: 상자씨.

고: 말씀만 하시오.

당: 이 중이 중하여도 살았을 적 무엇하던 뭣한 중이 아니
어라?

고: 뭣하는 중이요?

당: 운문동안에 문무는 좌우한 처약하던 백이 숙제도 아니
요. (그렇지요)

만고흥망을 적막히 모르시던 산중처사도 아니요.
(아믄)

만 인간의 의식을 없이 지내라고 유리 걸신도 아니요.
(그러지라) 석해산 연화봉 팔선녀 희롱하던 성진 화상
도 아니요. (아믄) 공자 같은 스님도 얕잡아 보지(옛말
로 층하)를 말라고 일렀으되. (아믄)

이 중을 잠시 얕잡아 본 것은 인간 삼사에 의하 초공목
공 배우느라 얕잡아 본 것도 아니요. (그렇지요)

어른 아비 자식으로 글자나 배웠노라 얕잡아 본 것도
아니요. (아믄) 천상 연화봉 운하대 감나대 재계받아
놀으시던 옥황상자 권소하던 석가여래 제자로서 (그
렇지요) 한갓 치우처에 있으나 수서나 여의주 본이요.
(그러지라) 소중커라 예일 것 없어 옛적 세상에는 적
선성공 직심 키로 효자 충신 열녀도 흔해 장수하더니

68

(아른) 이제 세상에는 내 밥 적은 줄만 알고 양근지법을 쓰시기에 양근지법고 억조창생을 일시에 불러 천거하라 중을 불러 분부하시기에 (아른) 옥황님께 하직하고 창해문을 냅다 서서 수십 리를 잠깐 오니, (얼쑤) 해는 떨어져 조용하고 달은 떠올라 동정하기로 어떤 길을 간들 시각을 머물손가 (아른) 오리금 내려주시던 무지개 금다리 놓아주시기에, 내려와 물어보니 땅은 강원도 금강산이요, 봉은 일천봉입다 그려. (아른) 그것에 왔다 그냥 가겠소? 아무리 바빠도 지도문을 잠깐 외워봅시다.

고: 그럽시다. 물 한 모금 마시고 그럼 지도문을 외워봅시다.[14]

지도문

천왕제석이 망자 가문에 찾아올 때 팔도강산, 명당을 찾아다니는 대목이다. 금강산 주변의 산과 바위 등 금강산으로 가는 길이 그려진 지도를 묘사한다.

금강산 정체를 보소 천만 봉 걸린 달은 염불하는 등불이요

---

14 국립남도국악원, 『(국립남도국악원 총서 5) 채정례 진도씻김굿』, 앞의 책, 123쪽.

고고단 계궁성은 노승에도 모양이라 곡곡이 쌓였는디 몇몇

이 부처로써 색색이 그린 화초는 바위마다 단청이로고나

절구경

순천 송광사를 구경하는 대목이다.

앉은 조달

당: 상자씨!

고: 예

당: 지도문을 외고 보니 아무 산은 첨산이나 바람이 햇바람

　　이라

고: 그렇지!

당: 그곳 지기(地氣) 못 받아 경상도 해인 합천사로 들어가

　　는데 한번 걸게 들어가 봅시다. 바뻐요.

순천 송광사 들어가서 초상 장사 구경하고 능주는 개첨사

장흥은 보림사 개첨사 들어가 천불 천탑 구경하고 경상도

해인 합천사 들어가니 큰 법당 삼층경은 허공 중천 솟아 있

고 작은 법당 이층경 초승달이 걸려 있고 늙은 중 젊은 중

가리지 않고 시왕님 생일시에 재(齋) 맞이 가느라고 석로

(향로)에 불을 달아 노구에 밥을 빌어

재맞이

죽은 망자 영혼이 제석(중)이 되어 금강산, 여러 절을 구경하고 절에서 행하는 재(齋: 불공)를 들이는 것을 보는 대목이다.

큰 북은 두리둥둥 바라[15]는 철철 목탁은 또드락 딱인두 법두 요령 정쇠 일곱 마치 치는 소리 원근 산천을 깨울 듯 한 산사 야밤 종소리가 이보다 더할손가 경외우기에 능통하기로 수작을 잠깐하고 칡감긴 대들보에 피사리떼 구유[16] 안에 잉어 구경 잠깐하고

중염불

중이 망자와 그 자손들을 위해서 염불하는 대목이다.

앉은 조달

당: 상자씨 이 중이 중! 중! 하여도 열에 뭣한 중이 아니여라.

고: 뭣하는 중이요?

당: 이내 모를 제 귀신을 입으로 불러 이럭저럭한 중이지. 산을 찾으면 명산을 찾고 절을 찾으면 큰 절을 찾는데

---

15 철로 만든 타악기로, 불교 의식에 많이 쓰임.
16 소나 말 따위의 가축들에게 먹이를 담아 주는 통. 주로 나무로 만듦.

(그렇지) 능주는 개첨사 장흥은 보림사 광주는 무등산 해남은 한등산 목포는 유달산 진도는 첨찰산이 명산입디다 그려. 명산에 가만히 망자 자니 밤으로는 은장기 낮으로는 놋 장기 장기 바둑 앞에 놓고 백점 흑점 덥덥히 두듯하니 난데없는 광풍에 글발없는 불에 탄 종이 한 장 허공 중천에 날기에 자시(子時)에 받어 축시(丑時)에 띄워보니 해동 대한민국 임회면 탑립, 남도국악원서 저 불쌍한 금일 망자씨 씻기시난 해갈 천도시켜 생왕극락으로 일시 성불(成佛)시키자고. 자손 주머니 품에 품고 명(命) 줌치(주머니) 목에 걸고 복 줌치(주머니) 손에 들고 약 복령 수 복령 우황 봉지 삼신산 불사약을 구해 바랑에 넣고[17] 해명태명 왔으니 가문도 없고 정중 노래가 빈 틈새 없이(짯짯이)로 바치쇼.

고: 짯짯이나 싱겁게나 가문도 없고 정중도 없고 남도국악원 잘 찾아 왔습니다.

당: 중이라 하는 것은 절에 들어도 염불이요, 속가에도 염불이죠. 가문찾고 정중 찾았걸랑 염불을 하는데 염불을 한 번 하면 요것은 여러분 가정에 우환작작 감기고 뿔은 일실 소멸시키시고, 염불을 두 번 하면 백사만사가

---

17 국립남도국악원, 『(국립남도국악원 총서 5) 채정례 진도씻김굿』, 앞의 책, 439쪽.

하는 것이 다 잘되고, 염불을 세 번 하면 자손께 명과 복을 많이 줘서 부귀등명 장차 축원하게 잘 산답니다. 그러니 염불을 한 번 쌍염불을 해봅시다.

고: 그럽시다.

나무[18]야 나무야 나무야 나무 나무야 나무야 나무불이나 나무아미타불 제석궁에 밭을 갈아 보살할멈 씨를 뿌려 토지 지신이 내인 양식 나무아미로 바람맺어 주름 아래 때삐달아 염불 양식을 가득 싣고 문수보살님 계신 곳에 염불없이 어이 가며 불공 없이 어이 나 갈까

나무야 나무야 나무물이나 나무아미타불

심산(깊은산)에다 나무를 심어 예정 유정 가꿨더니 동으로 뻗은 가지 목토(木土)보살이 열리시고, 남으로 뻗은 가지 화(火)보살이 열렸네

나무야 헤-에 나무- 나무야 나무불이나 나무아미타불

서에 뻗은 가지 금(金)보살 열리시고 북으로 뻗은 가지 수(水)보살이 열렸네 나-헤-헤 나무 나무불이나 나무아미타불

오방 난장 제불 재천 (모든 부처님과 하늘 아래) 봉지 봉지 그 가운데 약수 보살을 심었더니 밤이라 매고 가꾸어 강남

_____

18 산스크리트어 나마스(namas)에서 유래한 말로, '귀의하다'라는 뜻.

서 나오시던 그 한 부인 홀 함씨 한 폭은 끊어다가 천하국
에다 바치시고 또 한 폭은 끊어다가 지하국에다 바치시고
또 한 폭은 끊어다가 여기 오신 여러분께 명과 수복으로 점
지 많이 합시다.

나무야 헤-헤 나무 나무야 나무불이나 나무아미타불

시주받기

제석은 스님으로 변장해 정주를 치고 염불하며, 시주를 청한
다. 가족이나 굿 구경꾼들은 당골에게 돈을 주며 시주한다.

앉은 조달

당: 상자씨!

고: 예

당: 염불을 했으니 자손에게 명과 복을 많이 타라고 시주
　　(施主) 요만치만 합시다

시주 시주야 시주 시주나 시주를 하시오
명산대천 천하관대 법당 중천 나무 시주 자식 없고 대 끊긴
도제 중생 청장 백장 가사 시주를 스님께 시주를 합시다
시주 시주야 시주 시주나 합시다
장명부귀 축원할 때 부처님전 타오 시주 장타수 벽해 물에

만인 공덕 다리 시주를 스님께다가 세주를 합시다

지경(地境) 다지기

시주를 받은 당골은 답례로 집을 지어 주는 무가를 부르는
데, 집을 짓기 전에 명당 터를 다지는 대목이다.

앉은 조달

당: 상자씨! 시주를 하고 좌우를 딱 살펴보니 꼭 명당이요.

고: 그라지라!

당: 갈마음수혈(渴馬飮水穴)이라, 목마른 말이 물 먹는 형
　　국이요, 노서하전(老鼠下田) 늙은 쥐가 만곡을 내려다
　　보고 웃고 내려오는 형국이요, 동남을 바라보니 문창성
　　(文昌星)이 비쳤으니 대대로 문장이 나겄소. 서남간(西
　　南間)을 바라보니 노적봉이 비쳤으니 당년에 부자 되겄
　　소. 앞산을 건너다보니 옥녀탄금형(玉女彈琴形)이라 아
　　름다운 미녀가 칠보단장을 하고 거문고 앞에 놓고 희롱
　　하는 형국이요. 요런 좋은 명당을 찾아서 그저 가서 쓰
　　겄소? 이 국악원 사무실 하나 지어 주고 갑시다. 지경
　　(地境)을 탁 닦아서 갑시다.

지경성국을 다굴라 지경성국을 다굴라

어기영차 지경이야 어기영차 지경이야 지경성국을 다구르자

동편지경을 다굴라 동편지경을 다굴라 청룡 한쌍이 묻혔으니
화겨라 다치잖게 가만이 살짝 다굴라
어기영차 지경이야 어기영차 지경이야 지경성국을 다구르자

집 짓기

터를 다지고 난 뒤 큰 집을 지어 주는 대목이다.

앉은 조달
당: 상자씨!
고: 예!
당: 지경을 닦아놓고 보니 참 잘 다져졌소. 집 한번 지어볼
　　 꺼이라?

주공의 장한 도덕 큰 터를 올려 닦아 효자 충신 주춧돌 놓
고 인의예지 기둥을 세워 삼강오륜 상량하고 팔도목으로
도리 걸고 팔팔은 육십사 차례로 연자걸어 일육수는 북문
이요 이칠 화는 남문이요, 삼오 금은 서문인데 구십토록 알
매하야 일월 성신 창에 걸어

칸 정하기

집 안에 방을 칸칸이 정하는 대목이다.

각기 간(間)을 정마(정하여) 각기 간을 정마(정하여) 명당
방향에 방을 놓고 복덕 방향에 마루 놓고 대덕 방향에 정재
(부엌) 놓고 칙신 방향에 칙간(화장실) 놓고 청룡 방향에는
담을 쌓고 대로(큰길) 방향에 길을 내고 월덕 방향에 샘(우
물)을 팠으니 어찌 아니 좋을쏘냐.

입춘 붙이기

좋은 집을 지어서 기둥에 입춘대길을 붙이는 대목이다.

앉은 조달
당: 상자씨!
고: 예!
당: 용의 머리터를 닦아 학의 등에 집을 지어 호박 지추 유
　　리 기둥 산에 걸렸으니, 집을 지었으면 아무리 바빠도
　　입춘 한 번 붙여 봅시다
고: 그럽시다!

입춘대길 건양다경 천정세월 인정수는

춘만건곤 복마가로다 두럿이 붙여 있고

외양간에다 붙인 입춘 우격에 벽파정

마천리 행이라고 두럿이 붙여 있고

대문간에다 붙인 입춘 시하 연풍허고

국태민안 하느니라 두럿이 붙여 있네[19]

노적 청하기

노적(露積)은 곡식을 담은 가마니를 쌓아 놓은 것이다. 집도
짓고, 입춘도 붙였으니 그 집에 노적이 많이 쌓여 부자가 되라
고 축원하는 대목이다.

앉은 조달

당: (정쇠를 치며) 상자씨!

고: 예

당: 입춘까지 붙여 놓고 보니 참 좋으요. 그라니 노적도 쪼
　　깐만 끄식여 내.

고: 네, 너럽께 많이 그집어 내도 괜찮아겄어.

당: 시간이 없어. 몇(몇) 시간이나 되얏소?

고: 시간이 다 되얏소.

19 박미경·윤화중, 「한국의 무속과 음악」, 앞의 책, 249쪽.

당: 그래 그람. 노적 한번 끄집어내.

당골이 다음과 같이 소리를 한다.

여-여허 - 여허로 어귀야- 청-청 노적이로구나
일만 장안에 억만격인 노적 이 댁으로만 다다실어 들이세
에-헤-이야 에헤헤에이야 안어들이고 끄집어 당겨라 노적
이로구나 서울 장안에 곳곳이 쌓인 노적 자동차야 짐차야
붓고 붓고 다 실어라 이 댁으로만 다 다 실어 들이세.[20]

어기야청청 노적이고나 어기야 끌어드리자 노적이로고나
서울에 치날리여 억만장안에 팔만객이 노적
팔만장안에 억만객이 노적 이댁김씨집으로 다들어오소
에야 에헤야야 어기야청청 노적이로고나[21]

업 청하기

업은 집안의 재물을 담당하는 신이다. 당골은 업을 청하면서
곡식을 받기 위해 앞치마를 던져준다. '노적받기'라고 한다. 노

---

20 국립남도국악원, 『(국립남도국악원 총서 5) 채정례 진도씻김굿』, 앞의 책, 448쪽.
21 나경수 외, 『진도의 상장의례와 죽음의 민속』, 앞의 책, 169쪽.

적은 쌀이 된다.[22]

앉은 조달

당: 상자씨!

고: 예

당: 노적을 이로코롬 많이 끄집어 들여놓고보니 앞에 있는 앞노적은 대주님네 노적이요, 뒤에 있는 뒷노적은 궁주님네 노적이요, 봉오리가 천이라도 위지지(지붕 덮개) 하나가 으뜸이더라고 노적을 아무리 많이 끄집어 들여놔도 없이 없으믄 시루에 물주기요 무단 새나갑니다. 대대 전승하고 잘 살라고 업을 한 번 불러들여봅시다.

술베(단단한 줄) 술베 진당사 쇠줄을 단단히 저미야 어허어 어허어 어귀야 청청 업이로구나 일월성신이 밝았으니 해달에 업도 들어오소 아하아― 하아 어귀야 청청 업이로구나 오방지신이 밝았으니 지신에 업도 들어오소 에헤― 허어 어귀야― 청청 업이로구나 닭이 울어 자축시(子丑時: 밤 11시에서 새벽 3시 사이)하니 인간에 업도 들어오소. 에헤― 에헤에 어귀야―청청 업이로구나 만수청산이 워석석하

22 박미경·윤화중, 『한국의 무속과 음악』, 앞의 책, 63쪽.

니 부엉이 업도 들어오소 아하아 아하아 어귀야– 청청 업

이로구나 업아– 업아 업아 이리 오라면 이리와 에헤에 에

헤에 어귀야 청청 업이로구나

당산

당산은 마을을 지키는 수호신이다. 당할아버지, 당할머니라

고도 한다. 마을을 지키기 위해 마을 입구에 심어진 큰 나무는

당산나무라 한다. 당산을 불러 집안의 잡귀를 쫓아내는 오방굿

을 한다.[23] 당골은 집 안 곳곳을 뛰며 굿을 하는데 특히 장구를

크게 치며 구정놀이를 한다.

앉은 조달

당: 상자씨!

고: 예

당: 오늘 여그(여기)를 나(내)가 차에서 팍 내린디 누가 옆

구리를 꾹 찌릅디다. 깜짝 놀래 돌아본께 흐간 할마니

가 '너, 누구댁오냐?' 하시기에 내가 누구집 찾아서 오

잖애. 나요 남도국악원서 저 불쌍한 양반 씻겨 왕생극

락시키자고 오라고 연락 받아났길래 오다한께 당신은

23 박미경·윤화중, 「한국의 무속과 음악」, 앞의 책, 63쪽.

앞도 당산 뒤도 당산 당할마너라 합디다. 불쌍하신 금일 망자 모시고 잘 논다며 당할머니를 잘 놀아주면 오늘 저녁에 여기 오신분 빠짐없이 인간에 따라 들고 음식에 묻어 들고 생사에 접어들든 열두 부정 열두 살 우환작작 걱정 근심 감기 고뿔 행운수불을 일실 소멸시켜주고 백사만사가 다 잘 되다하니 그러니 당산을 한번 해 봅시다.

군웅 모시기

군웅은 집 안으로 나쁜 악귀가 들어오는 것을 막아주며 죽은 조상들의 영혼을 굿하는 집으로 길을 안내하는 신이다. 당골은 명태, 오징어를 들고 군웅굿을 한다.

군웅을 모십니다 군웅을 모십니다 경상도 황제군웅 우리나라 이씨 군웅 군웅님네 아버지는 갯고기는- 비리다고 안자시니 군웅님네 딸애기 꽃바구니 옆에 끼고 앞동산 고사리 뒷동산 도라지 산채로 대접하고 승상거북 승진도미 한림 박대 준치 오징어 삼치 광어 둥진 갈치 눈 큰 민어 넙덕 개오리로 걸게 한 번 놀아봅시다[24]

24 국립남도국악원, 『(국립남도국악원 총서 5) 채정례 진도씻김굿』, 앞의 책, 451쪽.

궁웅대왕을 놀아보고 궁웅 성주를 놀아보세.

군웅님네 대군웅 소화대 소군웅 군웅대왕 나오실째 모루잡

던 군웅이고

대공잡던 군웅인가. 강남은 총재군웅 우리나라 서재군웅

우아래 남성군웅

물우에는 수능군웅 서울은 궁에군웅 제주는 백만군웅님 차

례로 나오실제

(중략)

소조구 대조구 싯김받어 나오실제 온소머리 칼고째고 은소

다리 칼고째야

소고기는 누린나요 바다고기 비린나와 산고기는 노린나요

산으로 올라가서

고사리 살추배 짠지째 미나리 수군채 능금다래 포도연출

우줄우줄 따먹어서

나오시던 군웅일세.[25]

　조상상과 마실이상에 술잔을 올리고 절을 한다. 산 사람을
위해 복을 주고 축원하는 의식을 모두 끝났다.

25 나경수 외, 『진도의 상장의례와 죽음의 민속』, 앞의 책, 171쪽.

액을액을 액을막세 액을막어 예방하고 액을 막아서

김씨자손 액을 막아서 예방하세 액을막어 석제할제 한마옷

을 막아내고 열에내옷 막아내서 부모에는 천상살기 막고

부부에는 이별살기 자손에는 공방살기 물우난 신물수

불에는 화재살기 물에는 용왕살기 산에는 산신살기를 막아

내고 도량살기를 막아낼적 눈썹에 떨어진 관재구설 없이

다 동서남북 방방곡곡 두루구름 다 다녀도 상부살기를 막

아내고 상부상채를 막어내고 상부상채 유월살기 수록살기

를 막아내고 정신살기 품안살기 하부살기를 막아낼적 정칠

월 이팔월 삼구월 사시월 오동지 육석달로 신액을 막아내

고 대액을 막아내세.[26]

당골은 지방을 뜯어 태우면서 축원을 읊는다.

손님을 여우노라 대신을 여우노라 하늘이 울어 천둥대신

땅이 울어 지둥대신

구중대신을 여우노라 동네손녀 손님을 여울 적 안에 참석

못한 손님네, 거리중천 거리노중에서 즐거웁고 반가웁고

방자웁고 즐거웁게 자수흠향 하옵시고 속거철리 원기출성

26 나경수 외, 『진도의 상장의례와 죽음의 민속』, 앞의 책, 173쪽.

하옵실 적 김씨 가문 불을 밝혀 주옵소서.[27]

제석굿을 하면서 고인과 함께한 세월을 되새기는 시간을 갖는다. 비록 당골을 입을 통해 읊어지는 무가지만 상갓집에 모인 가족을 비롯한 동네 사람들은 고인을 생각하고 또한 자신을 생각한다.

제석굿은 남아 있는 가족들에게 고인의 죽음으로 닥친 상심의 마음을 헤아리는 굿이다. '나'는 죽어 저승길로 가지만 가서도 가족들을 보살필 테니 걱정 말라는 의미의 굿이다. 당골이 읊은 무가 내용도 이제 저승에 집이 지어졌고, 노적(쌀)도 던지고 받으면서 풍족하니까 걱정하지 말라며 상주들의 마음을 풀어 준다.

하지만 가족들은 아직도 고인을 보내야 한다는 현실이 믿기지 않는다. 엊그제까지 웃으며 손잡아주던 아버지가 저 병풍 뒤 누워 있기 때문이다. 무엇을 보내고 무엇을 얻을 것인가. 상주들은 아무것도 생각이 나질 않는다. 단지 이 장례식에 들리는 것은 당골의 애처로운 소리와 징 소리다.

긴 제석굿으로 산 사람들을 위한 굿은 다 끝났다. 이제 본격적으로 고인의 넋을 위로하고 씻기는 의식을 한다.

---

27 나경수 외, 『진도의 상장의례와 죽음의 민속』, 앞의 책, 173쪽.

고풀이

고풀이는 긴 명주천에 큰 매듭을 열 개 만들어 그것을 하나씩 풀어 가는 것이다. 여기서 고는 매듭을 말한다. 매듭은 고인이 살면서 풀지 못한 사연, 가슴 아픈 일, 억울한 일, 이루지 못한 일 등 원한과 아픔을 의미한다. 고를 푼다는 것은 살면서 무거웠던 마음의 짐을 풀어 주는 것이다. 괴롭고, 슬펐던 일들로 맺힌 무거움을 다 풀어 가볍게 해 준다.

에라 만수 에라 대신 천열이냐 환열이냐
환열청청에 새경각 대활연으로 설설이 풀립소사
불쌍하신 금일 망재 어느 고에가 맺히셨소
삼신 고에가 맺히셨소 원혼 고에가 맺히셨소
저승 고에가 맺히셨소 해원 고에가 맺히시믄
가실 극락을 못가시고 집안으로 감돌아서
자손에 근심을 연답니다
삼신 고에가 맺히시고 저승 고에가 맺히시고
저승 고에가 맺히시믄 가실 새왕을 못가시고
집안으로 감돌아서 자손에 우환을 연답니다
천고 만고 맺힌 고를 이 날 이 시로 풀으시고
가사에 걱정 근심 희살 요물은 제하시고

새왕극락을 가옵소사 에라 만수 에라 대신

천열이냐 환열이냐

어느 고에가 맺히셨소 저승 고에가 맺히셨소

황천 고에가 맺히셨소 대신 고에가 맺히셨소

삼신 고에가 맺히셨소 저 고에가 맺히셨소

걱정근심 제하시고 새왕극락을 가옵소사

에라 만수 에라 대신이야 천열이냐 환열이냐

환열청청에 시중각 제활여으로 설설이 풀립소사[28]

가족들은 살아생전 고인을 가슴 아프게 했던 일들을 추억한다. 그때 왜 내가 그랬을까. 내가 왜 그런 말을 했을까. 그때 왜 그것을 해 주지 못했을까. 후회하면서 눈물을 흘린다. 생각할수록 잘해 주지 못한 일들이 떠오른다. 매듭이 하나씩 풀릴 때마다 간절히 빈다. 모든 일 다 잊고 부디 좋은 세상 가소서.

옆에 살아 있을 때는 내일 해 주지, 지금 아니더라도 다음이 있는데 그때 해 주면 되겠지, 당장 사는 데 바빠서 미루게 된다. 미룬 일들은 미련이 된다. 왜 그랬을까. 고인이 된 사람 앞에서 후회한들 아무 소용이 없다. 돈을 주어도, 아무리 눈물 흘

---

28 국립남도국악원, 『(국립남도국악원 총서 5) 채정례 진도씻김굿』, 앞의 책, 489쪽.

려도 가슴에 남은 미련을 지울 수 없다. 그래서 가족들은 고풀이에서 마지막 가는 고인의 길에 더욱 간절히 행복을 빌어 준다.

부디, 살면서 있었던 가슴 아팠던 일들 다 풀어져라. 훨훨 파랑새가 되어 저 하늘로 가볍게 날아가라.

씻김(이슬털기)

죽은 영혼이 저승으로 잘 갈 수 있도록 맑은 물로 씻기는 것을 씻김(이슬털기)이라고 한다. 향물, 쑥물, 맑은 물을 빗자루에 적셔가며 고인을 씻긴다. 죽은 영혼은 고인의 옷을 둘둘 말아서 만든 영돈말이가 된다. 살았을 적 고인의 괴로움, 아픔을 씻겨 준다.

영돈말이

먼저 영돈을 만다. 영돈은 죽은 사람의 육신을 의미한다. 고인을 위해 준비한 옷(남자는 저고리와 바지, 여자는 저고리와 치마)를 돗자리 위에 잘 편다. 옷은 굿을 시작하면서 병풍에 걸어 둔 옷이다. 고인이 살아생전에 옷 입었던 모양을 그대로 갖춘다. 속옷과 양말도 구색을 맞춰 놓는다.

그리고 상주들에게 노잣돈을 달라고 한다. 돈을 옷 주머니에

넣는다. 저승에 갈 때 여비로 쓰라는 의미다. 상주들은 살아생전 해 주지 못한 서운한 마음을 달래기 위해 마음이 가는 대로 돈을 내놓는다.

그다음에는 이 옷을 돗자리와 함께 김밥처럼 둘둘 말고, 매듭을 일곱 마디로 묶는다. 사람이 죽으면 일곱 매듭을 묶는 것과 같다.[29] 당골은 뚜껑이 있는 밥그릇을 달라고 한다. 병풍에 붙여 놓았던 넋을 떼서 밥그릇 안에 넣고 뚜껑을 닫는다. 둘둘 만 영돈을 똑바로 세워서 누룩, 밥그릇을 넣고 솥뚜껑을 덮는다. 이렇게 하면 사람이 서 있는 모양이 된다. 이것이 영돈이다.

씻김·이슬털기(향물, 쑥물, 맑은 물 씻기기)

영돈은 고인의 육신이므로 이것을 씻기는 것이 씻김이라 하고 다른 말로 이슬털기라고도 한다. 이슬이 되어 젖어 있는 원한을 맑고 깨끗하게 씻기겠다는 의미다. 쑥물, 향물, 맑은 물을 깨끗한 그릇에 각각 담는다.

당골은 고인의 넋을 부르는 넋풀이 무가를 부른다.

신인줄 몰랐더니 오늘 보니 신이로세

---

29 황루시, 「진도씻김굿」, 앞의 책, 51쪽.

넋이랑은 오시거든 넋당석에 모셔오고

신일랑은 오시거든 신상에 담아 모셔오고 신넋이 오시거든

화기 사단에 모십시다 이 넋이 오실적에

서울로 다니다가 은장도 든 가귀 어어석석 비어내어

넋당석 몰아올 때 앞 어두워 오실까봐 연기등 자래등

초롱등 불밝히고 대마전 소마전 당석 맞아 오시더라

보라니 백발이요 면치 못할 주검이라

(중략)

청춘소년들아 홍안백발 웃지마소 어제청춘 오늘 백발

그 아니 가련하며 장안에 일등 기생 곱다고 자랑마소

서산에 지는 해는 뉘기라서 급지하며 느리게 오소

흐르는 물 다시 보기가 어려워라

불쌍하다 요 내 일생 인간하직 망극하네 명사십리 해당화야

꽃진다고 설워마라 명년 삼월 봄이 되면 너는 다시 피건마는

우리 인생 한 번 가면 다시 오기 어려워라[30]

당골이 무가를 부르며 빗자루에 묻혀 영돈을 씻기듯이 쓸어
내린다. 씻김을 다하고 당골은 마른 수건으로 물을 깨끗이 닦

30 박미경·윤화중, 『한국의 무속과 음악』, 앞의 책, 268쪽.

는다. 마지막으로 나쁜 액이 끼지 말라고 한 줌 쌀이나 콩을 뿌린다.

'살아생전 얼마나 마음고생 많았소. 이제 훌훌 다 털어버리시오.'

당골의 말에 가족들은 이제껏 참았던 울음을 터트린다. 모인 사람들 모두 눈물을 흘린다. 고인의 살았을 적 모습을 마지막으로 회상한다. 이제 가면 끝인 것이다.

모두 살아생전 고인에 못다 한 정을 베푼다. 눈물을 흘리면서 고인과 쌓인 감정을 모두 다 푼다. 용서받지 못할 일이나, 언제고 빌린 돈을 못 주었다든지, 술을 사지 못했던지 씻김을 하면서 모두 용서를 구한다. 고인을 씻기기 위함도 있지만 굿을 보는 사람들도 당골의 무가를 들으면서 숙연하다. 가슴을 무겁게 누르던 일들을 생각한다.

넋올리기

이제 씻김굿도 끝나간다. 넋올리기는 고인의 넋이 잘 씻겼는지, 가슴속 한이 잘 풀어졌는지 확인하는 단계다. 가족들은 고인을 떠나 보낼 마음의 준비를 하는 시간을 갖는다.

가족 중 한 사람이 당골 앞에 앉는다. 그 가족의 머리 위에 죽은 사람의 영혼을 상징하는 종이로 만든 넋을 올려놓는다.

이때 당골이 무가를 부른다.

넋이야 이 넋이 누구 넋인가 아무간 지어내던 왕소군의 넋
인가
숙영낭자 넋이던가 불쌍하고 가련한 금일망자 넋이더라

오르소사 오르소사 넋이라도 오르시고 신이라도 오르시고
신의 칼에 오르시면 씻기시고 해갈시켜 염불로 길을 닦아
극락왕생 옥경 연화당 수구품 밑으로 일신 성불 되오니 서
러워말고 오르시오

당골이 들고 있는 신칼을 들고 넋 위에 올려놓는다. 신칼을
서서히 머리 위로 들어 올린다. 이때 넋도 따라 올라오면 망자
가 오늘 씻김굿을 잘 받았다고 해석한다.
넋이 머리 위로 올라갈수록 가족들과도 영영 이별을 고하는
것이다. 죽은 망자의 넋이 마지막으로 말한다.
'이제 나는 다시는 오지 못할 길로 떠나게 되니 서러워하지
마라. 그동안 나 때문에 고생들 많았다. 이제 내가 서운하게 했
던 일 가슴에 두지 마라.'
이웃들에게도 이별을 고한다.
'자네들 덕에 외롭지 않게 술 나눠 마셔 즐거웠네. 고된 일 하

면서도 웃었네. 나 이제 떠나가니 자네들도 부디 행복하게.'

이생의 인연들에게 작별을 고한 망자의 넋은 길을 떠난다.

길닦음

무명베를 안방부터 마당까지 길게 펼쳐 놓아, 마지막으로 망자가 가는 저승길을 닦는 것을 길닦음이라고 한다. 이제 굿판의 시간도 야밤을 넘어 새벽이다. 당골은 안방부터 대문 밖까지 질베 또는 길베를 만든다. 실베는 하얀 무명천인데 망자가 밟아 가는 길이며 이승과 저승을 이어 주는 길이다. 당골은 저승 가는 길을 좋게 닦아주는 의식을 한다.

먼저 길 위에 반야용선(般若龍船)을 놓는다. 망자는 저승으로 갈 때 뱃머리에 용이 달린 배, 즉 용선을 타고 간다. 그 앞길을 깨달음을 주는 지혜의 빛(반야)으로 밝혀 환하게 잘 가라는 의미로 반야용선이라 한다.

실제 씻김굿에서는 용선을 쓰지 않는다. 대신 광주리처럼 생긴 '동구리'라는 넋당석을 쓰는데, 이것이 반야용선을 타고 저승으로 가는 것을 의미한다. 가족들은 이제 마지막이라고 생각하고 돈을 놓는다. 저승 가는 길에 쓰라는 노잣돈이다.

반야는 지혜의 빛이다. 반야의 배를 띄워 가슴에 묻어둔 어두운 생각과 씻지 못한 마음의 번뇌를 반야의 빛으로 밝히는 것이다. 저승 가는 길을 환히 밝혀 길 안내하는 것이다.

당골은 넋을 넣은 주발을 질베 위에 올려놓고 질베 끝에서 끝을 오간다. 요즘 행하는 공연에서는 넋주발 대신 반야용선을 놓기도 한다.

당골이 사설을 한다.

> 불쌍한 망자씨 이 굿 받아 잡수시고 천고에 맺히고
> 만고에 맺혔던 마음 천고를 풀고 만고를 풀고 백천고를 풀
> 었으니
> 포부에 맺힌 마음 순중에 풀고 십왕극락을 가시는 길에
> 중복이 걸려서 못가신다면 중복풀이 나서면 김
> 씨망제님 몰근넉이라고 몰근혼이 되어서
> 극락십전에 간다하니 중복풀이로 나섭시다
> 중복이라고나 청사 청미월은 명원인데 인심사해가 중복이
> 란다
> 삼중고이 이월개월은 춘설춘미가 중복이라네
> 오동개월 이월유월은 자도에게 가도 중복이라
> 칠년벗을 보내주고 삼년동갑을 보내주네[31]

---

31 나경수 외, 『진도의 상장의례와 죽음의 민속』 185쪽을 참조해 각색.

가족들은 하얀 질베길을 밟고 가는 망자를 생각한다. 이제 저 길 밟고 가는구나! 다시 못 올 길 밟고 가는구나! 죽음을 받아들여야 하는 가족들에게는 고인을 떠나는 보내는 길을 보며 하염없이 눈물을 흘린다. 죽음이 아직 낯설다. 현실이 아닌 것 같은 이 현실을 어떻게 받아들여야 할까. 가족들은 잘 가라는 말이 차마 나오지 못한다. 아직 죽음을 인정하기 어려운 것이다. 이 질베 길 하나 놓고 너와 나, 이생과 저생(저승)으로 갈라지는 것이다. 아! 어찌 보내야 하는가.

이때 당골이 사설을 한다.

'불쌍하신 금일 망재 이제 씻기시나 해갈천도 시켜 염불로
길을 닦아 하직을 잠깐 해봅시다.'[32]

굿이 망자와 마지막 하직 인사를 나누는 순서로 접어든다.

하적이야 하적이로구나 새왕산 가시자고 하적이로구나
인제가면 언제와요 오실 날짜 알려주오
동방화개 춘풍들이 꽃이 피었거든 오실라요
하적이야 하적이로구나 새왕산 가신다고 하적을 하네

---

32 국립남도국악원, 『(국립남도국악원 총서 5) 채정례 진도씻김굿』, 앞의 책, 499쪽.

병풍에 그린 장닭 두 날개를 툭툭 치면

짧은 고개를 길게 빼며 사경 일자 날새라고

꼬끼요 울거든 오실라요

하적이야 하적이로구나 새왕산 가시자고 하적이로구나

이제 망자도 저승길로 떠났다. 날이 밝아온다.

나 돌아가네 나 돌아가네

어와 세상 사람들아 살았다고 좋아말고 죽었다고 설워마소

나도 어제 살아서는 백년이나 살쟀더니 원래 명이 이뿐이
던가

나고 죽음에 때가 있어 이 굿 받고 내 돌아가네

에라 만수야 에라 대신이야 많이 흠향하시고 새왕극락을
가소서[33]

종천맥이

종천맥이는 굿을 따라온 죽은 영혼들을 잘 달래서 먹여 보내

---

33 국립남도국악원, 『(국립남도국악원 총서 5) 채정례 진도씻김굿』, 앞의 책, 501쪽.

96

는 의식이다.

대문 밖에 제사상을 차리고 당골은 징을 치며 무가를 부른다. 상에 차려진 음식을 바가지에 조금씩 덜어 대문 밖에 멀리 던진다. 음식을 구걸하는 잡귀들을 대접한다는 의미로 하는 행동이다. 당골이 대문 밖으로 나가 망자의 옷과 굿에 쓰인 물건들을 다 태운다. 밤새 씻기고, 길 닦아 보낸 흔적들이 사라진다. 이제 모든 것이 재가 되어 날린다. 밤새 굿으로 울고 웃으며 보낸 시간들이 가슴에 남을 뿐이다. 이제 망자는 상여를 타고 묻힐 선산으로 떠난다.

이것으로 망자를 씻기는 씻김굿은 모두 끝난다.

제3장

바람결

넋이로세 넋이로세
넋인 줄을 몰랐더니

당골은 마음을 다해 빌어 주는 사람이다. 고인의 넋을 위로하며 고인의 마음 곳곳을 풀어 주는 소리를 한다.[34]

당골이 지전을 흔들며 소리를 한다. 소리에는 험한 길, 내뱉지 못한 말들을 쏟아내며 풀어 준다. 당골은 이미 혼자 걷다 지친 그대들 마음속을 씻기고 있다. 당골의 애달픈 소리가 가슴에 스민다. 소리가 결을 이루면 사람들 마음이 출렁인다. 소리는 말보다 마음 깊이 들어가 맺힌 응어리를 어루만져 준다. 이제는 고인이 된 채정례 씻김굿 명인의 애잔하면서도 꾸밈이 없는 소박한 소리 속에 가만히 흐르고 있는 본연의 고요를 바람의 씻김으로 여기에 담는다.

---

34 여기서 인용된 내용은 모두 국립남도국악원에서 나온 『(국립남도국악원 총서 5) 채정례 진도씻김굿』의 채록을 참고로 한다.

채정례 당골은 '당골'이라는 말 앞에 누구보다 당당했다. 그녀는 평생 동안 망자의 넋을 위로하고자 지전을 흔들고 소리를 하던 당골이고, 자식을 둔 어머니고, 집안의 살림을 맡은 며느리였다. 이 많은 역할을 묵묵히 해내며 풍랑과 같은 세월을 이겨 낸 여인이기도 하다. 그녀는 빼어난 미인도 아니다. 뛰어난 예인도 아니다. 하지만 평생을 망자를 씻기는 일에 정성을 다했다.

좋은 일, 궂은일 마다하지 않고 남을 위해 빌어 주며 굿을 하던 그 마음이 가히 아름답다. 지금은 고인이 된 채정례 당골. 좋은 것, 풍요로움만 좇아가는 요즘 그녀의 삶 자체가 한 편의 질박한 교훈을 남긴다. 하여 당골로서의 삶을 짧은 소설로 남겨 후대에 공부하는 이들에게 도움이 되고자 하며, 이 글로 평생 망자의 혼을 씻겨온 채정례 당골의 넋을 위로하고자 한다.

***

나는 바람이다. 그녀를 따라다니던 바람. 늘 굿판에서 그녀와 함께였다. 나는 그녀가 손에 쥐던 지전을 머리 위로 올릴 때면 그 사이로 들어가 지전을 흔들던 바람이다. 스르르 스르르. 그녀는 내가 흔들던 지전 소리를 좋아했다.

오늘도 그녀는 굿판에 섰다. 예전보다 희끗희끗한 머리, 굵어진 주름이 늘어난 얼굴이 애잔하다. 굽어가는 허리를 보면서 세월이 갈수록 무거워지고 있음을 느낀다. 그래도 눈빛은 여전히 당당하다.

그녀가 굿을 할 때 당골이 흰 무명 저고리를 입고 머리에는 종이로 만든 고깔을 쓰고 손에는 지전을 들었다. 그녀가 지전을 흔들며 소리를 한다. 소리에는 험한 길, 내뱉지 못한 말들을 쏟아내며 풀어 준다.

넋이로세 넋이로세 넋인줄을 몰랐더니 오늘 보니 넋이로세
산이로세 산이로세 산인줄을 몰랐더니 오늘 보니 산이로세

씻김을 위해서는 준비가 필요하다. 쓱싹쓱싹 창호지를 오린다. 툭툭 오리는 것 같아도 갓 쓴 사람 하나 서 있다. 넋이다. 넋이 서 있는 가장자리는 부드럽게 말아 올라간 꽃잎이 얌전하다.

길게 종이를 접고 오려 묶는다. 한 주먹이 되게 묶는다. 하얀 종이돈, 지전이다. 지전이 펄럭일 때는 스르르 바람에 대나무가 흔들리는 소리가 난다.

하나둘 무구가 준비된다. 이제 정갈한 하얀 무명 저고리에 치마로 갈아입는다. 머리도 곱게 빗어 쪽을 찐다. 이제 죽음을 맞이하러 떠난다. 가는 길에 키 큰 갈대는 왜 이리 자분거리는

지. 흔들리는 소리가 자꾸만 치맛자락을 잡는다.

촛불 켜진 상 가운데 사진이 하나 걸려 있다. 가만히 망자의 얼굴을 들여다본다. 성글게 쪽 찐 머리는 희끗희끗하고, 눈가에 굵은 주름이 팬 얼굴이다. 오늘 씻김 할 망자다.

하얀 종이로 만들어진 넋이 병풍에 붙어 있다.

이 넋이 누구 넋이요. 그대 넋이오. 평생 허리 펴지도 못하고 배추밭, 파밭 쭈그리고 앉아 일만 하더니. 얼마나 힘들었소. 오늘은 거기 앉아서 가만히 씻김굿 구경이나 하시구려.

늙어 늙어 만련주야 다시 젊기 어려워라

은항산 그늘 아래 슬피우난 저 벅궁새야

너는 어이 슬피를 우느냐 죽은 고목이 새순이 나서

가지 가지 꽃이 피니 마음이 슬퍼 울음을 우느냐

불쌍하신 금일 망자 이 혼이 누구 혼인가

그녀가 지전을 머리 위로 들었다 내린다. 그녀의 눈빛이 젖어 들고 있다. 오늘만, 오늘만 이 굿하고 더는 하지 않으리라. 그녀의 손끝은 늘 마지막처럼 지전을 흔든다.

그랬어도 누구네 아부지 돌아가셨다는 말을 들으면 굳세게

달려가 씻김을 하던 그녀. 그녀의 등이 조금 굽어졌다. 그간의
세월에 짓눌러서일까.

이렇게 그대 죽은 넋과 마주하는구려.

이 나이 먹도록 넋 씻기고자 지전 잡은 세월이 벌써 육십

해가 되었소.

내 무엇 하러 이렇게 씻기러 다니는가 모르겠소.

그녀의 눈빛은 이렇게 말하고 있었다. 하얀 지전이 허공에
휘날린다. 하얀 끝이 어둠을 하얗게 가른다. 스르르 흔들리는
소리에 허공을 떠돌던 먼지가 떨어진다.

얼마나 많은 먼지를 묻히고 다녔던가. 걷는 걸음 끝에 실어
나른 먼지가 얼마인가. 풀풀 먼지가 날린다. 모두 다 날려라.
나를 거쳐 간 사람들 귓속에 담아 둔 상처가 된 말들, 먼지가
되어 다 날려라.

이 어둠 속에 보이지 않게 떠돌던 먼지가 너풀너풀 춤을 춘
다. 그녀의 두 팔은 하얀 갈매기 날개가 되었다. 훨훨 파란 바
다 위로 날아가는 날개가 되었다. 하얀 먼지 다 이 날개 위에
앉아라. 내 저 갈매기 되어 푸른 바다 위 넘실넘실하는 시원한
바닷바람 날리는 바다 위에 날려 주리라.

이 좁은 가슴속에 까만 먼지 쌓이지 말고 푸른 하늘 넓디넓

은 곳으로 자유롭게 날아가라. 훨훨 날던 하얀 날갯짓하며 덩실덩실 춤을 춘다. 이마에 땀이 맺힌다. 내가 다가가 그녀의 머리를 쓸어 준다. 그녀는 저고리 고름 끝으로 땀을 닦는다.

이제 좀 앉아서 쉬면 좋으련만 쉬지를 않는다. 앉아서 하얀 넋을 손 위에 놓고 이리저리 굴린다. 넋이 작은 공이 되어 이리저리 구른다. 무어라 알 수 없는 말들로 중얼거린다. 극락왕생을 주문처럼 외웠다. 날은 까만 어둠이 내려앉은 한밤중이다.

누런 백열등이 켜지고 사람들은 상 앞에 앉아 이야기를 주고받는다. 나는 살랑이며 어두운 담벼락 끝에 핀 하얀 목련꽃 아래에 앉아 그녀를 바라본다.

그녀가 작은 빗자루를 든다. 질그릇이 세 개가 놓여 있다. 물이 담겨 있다. 빗자루에 물을 묻히더니 돗자리로 둘둘 만 것 앞으로 간다. 마당은 향 연기로 뿌옇다. 밤은 향나무 타는 냄새로 취해 간다.

빗자루에 향물을 묻힌다. 두텁고 무거운 살 속으로 물이 스민다. 사람과 사람 사이 비린내 날리던 날들을 떠올린다. 이 향물이 핏속을 떠다니던 기억들에 스며들어 솔솔 날리는 향나무 잔향이 날린다. 향물이 스며든다. 이번에는 빗자루를 쑥물에 묻힌다. 그녀는 어릴 적 쑥을 캐던 일들을 떠올린다.

작은 여자아이 하나가 논두렁을 뛰어가고 있었다. 저만치 언니들이 앉아서 풀을 뜯고 있었다. 광주리에는 풀이 수북했다.

코끝에서 진하게 풀 냄새가 났다. 그녀는 그것이 쑥이라는 것을 알고 있었다. 한 주먹 쥐고는 달렸다. 뒤에서 언니들은 소리쳤지만 듣지 않았다. 그녀는 그저 달렸다. 흙 묻은 쑥 한 뿌리를 논 한가운데 던졌다. 논바닥 어딘가로 사라져 보이지 않았다. 또 한 뿌리 던졌다. 아까보다 좀 더 멀리 던졌다.

이번에도 논바닥 어딘가로 사라졌다. 하나씩 하나씩 던졌다. 모두 다 던지고 나니 손에는 까맣게 쑥물이 묻어 있었다. 하, 냄새 진하다. 그 냄새가 났다.

쑥물을 묻혀 다시 쓸어내린다. 그녀의 어릴 적 논둑 가득 날리던 쑥 향기가 코끝에서 떨어지지 않는다.

가슴 한편에 쟁여 두었던 마음 이제 열어 보소. 그녀가 어릴 적 일을 떠올린다.

어두운 방에서 작은 여자아이가 울고 있었다. 아이는 엄마를 기다렸다. 아이는 방 안에서 나와 마루에 앉았다. 어두컴컴해지도록 엄마는 오지 않았다. 그때 왜 그리 무서웠는지.

쑥물이 가슴에 스민다. 쑥 향기가 저 밑바닥부터 코끝으로 올라온다. 쑥물 스며서 마음속 깊이 쌓인 무서움 있다면 다 날아가라.

이번에는 맑은 물을 빗자루에 묻힌다. 쓸어내린다. 큰아이를 낳았을 때 일들이 주마등처럼 지나간다.

그녀가 아이를 등에 업고 있었다. 결혼해서 큰아이를 낳았을 때 모습이 어른거렸다. 큰아이를 낳고 아이가 아팠다. 병원비도 없어 제대로 병원을 데리고 가지도 못했다. 아이가 등에서 울고 있다. 가진 돈은 없고 아이들은 울고 속은 타들어 갔다. 그때는 눈앞이 막막했다. 어떻게 살아야 할지 어떤 생각도 떠오르지 않았다. 무슨 일이든 하고 싶어도 할 수 없었다. 아이를 데리고 일을 할 수 없었다. 아무것도 할 수 없었다. 절망이란 단어조차 너무 힘들었다. 한숨이 나왔다.

'휴우, 내가 그때를 어떻게 이겨 냈는지 모르겠다.'

아무리 힘들어도 시간이 지나면 다 지나지는 것이다. 너무 힘들어서 죽고 싶었던 적도 있었다. 한숨으로 얼룩졌던 지난날들이 떠올랐다. 심장이 오그라들었다. 어떻게 지나왔을까. 남의 힘 빌리지 않고 여기까지 살아온 자신이 기특했다. 크게 배우지 않았어도 큰 빚 없이 여기까지 살아온 자신을 생각했다. 대견했다.

맑은 물 담긴 그릇을 본다. 두툼하고 투박했다. 참 못나게 생겼다. 반질반질하게 생겨 부잣집 상에도 못 오를 그릇이라 생각했다. 잘 구워진 붉고 검은 흙빛에 물에 얼굴이 하나가 떠 있었다. 누구인가. 나인가. 둥글넓적한 얼굴이 버들잎을 닮은 가늘고 작은 눈이 질그릇 속에 담겼다. 물 한 대접 쭈욱 마시면 가슴 한가운데 내려가지도 않던 묵은 기억이 내려갈 것 같았다.

빗자루를 맑은 물에 묻힌다. 돗자리로 둘둘 만 영돈에 갖다 댄다. 차가움이 손끝을 타고 서서히 살갗에 닿는다. 담장을 타고 올라와 이리저리 얽힌 굵은 넝쿨에 스민다. 타들어 가는 줄기에 물기가 스민다.

조금씩 조끔씩 메말랐던 목이 축축하게 젖어 들었다. 시리도록 맑고 투명한 물방울이 눈을 채우고 있었다. 눈이, 얼굴이, 가슴이, 온몸이 뜨거워졌다. 또르르 눈물이 한 방울 떨어진다. 살갗이, 핏속이, 얼굴이, 마음이 시원하다.

박하사탕이 입안에서 녹아 퍼지듯 어릴 적 까르르 웃던 웃음소리가 귓속에 퍼졌다. 사방치기 하며 웃던 동네 아이들 웃음소리가 퍼졌다. 박하사탕이 입안에서 녹아 퍼지듯 머릿속이 환해졌다. 이대로 며칠 밤을 지새워 가며 일을 할 수 있을 것 같은 기분이 들었다. 물방울들이 온몸에 스며들었다. 몸이 더워졌다. 가슴속 녹지 않고 있던 커다란 얼음덩이 하나가 부서지고 있었다.

영돈 곁에 물이 조금씩 흐른다. 그녀가 수건을 손에 든다. 흘러내리는 물을 닦는다.

사방은 까맣게 물들었다. 둥그런 보름달이 떴다. 목련이 깜깜한 밤 속에 하얗게 피었다. 어둠 속에서 하얀 꽃잎이 진주처럼 반짝인다.

그녀가 하얗고 긴 무명천을 손에 든다. 바닥에 하얀 천을 길
게 늘어뜨린다. 그러더니 크게 매듭을 만든다. 하나, 둘, 셋,
넷…… 다해서 일곱 개의 매듭을 짓는다. 둥그런 매듭이 호박
덩굴에 달린 호박처럼 생겼다. 그녀의 표정이 굳는다. 치맛자
락을 허리춤에 단단히 묶는다. 비녀를 꽂은 머리카락이 조금
흩어졌다.

그녀의 눈은 무언가에 집중하고 있다. 주위를 보지 않는다.
눈의 초점은 허공을 향하고 있다. 입술을 꽉 다문다. 속에서 쏟
아지는 말들을 애써 막고 있다. 그럴수록 눈에서 나오는 강한
무언의 빛은 허공에 던져지고 있다.

그녀가 마루 기둥에 하얀 천 끝을 묶는다. 그러고는 기둥 끝
에서부터 매듭 하나를 잡아당긴다. 풀어졌다. 시작도 끝도 없
이 푸른 바다가 펼쳐졌다. 파도가 밀려왔다. 바위에 부딪히는
물결이 시원했다.

두 번째 매듭을 잡아당긴다. 하늘에 흰 구름이 둥실둥실 떠
다니고 있었다. 하얀 구름이 흘러왔다. 눈앞에 있는 구름을 손
으로 잡고 싶었다.

세 번째 매듭을 잡아당긴다. 잘 익은 복숭아 하나가 나타났
다. 복숭아 향이 코를 끌어당겼다. 입에선 침이 고였다. 한 입
크게 베어 먹고 싶었다. 어릴 적 복숭아가 너무 먹고 싶었던 적

이 있었다. 매듭이 풀리자 복숭아 향이 사라졌다. 눈을 크게 떴다.

네 번째 매듭을 손으로 잡는다. 이것도 풀어야 한다. 매듭을 잡아당긴다. 살아온 날들이 휘익 바람처럼 스쳤다. 지나고 보니 꿈 같은 날들이었다. 웃고, 울고, 외롭고, 화나고, 속상했던 날들 풍선에 담겨 부풀어 올랐다. 점점 커지며 하늘로 올라갔다. 어디쯤 올라갔을까. 팍. 터졌다. 네 번째 매듭이 풀렸다. 꿈을 꾸고 있는 듯했다. 다시 눈을 크게 떴다.

이제 다섯째 매듭이다. 손에 잡는다. '바보'라는 단어가 떠올랐다. 맞다. 바보처럼 살았다. 지난날들 속에 실수도 많았다. 참으로 어리석었다. 그때는 왜 그랬을까. 후회가 밀려왔다. 그래도 할 수 없다. 이미 지난날이므로. 크게 한숨을 내쉬었다. 매듭을 잡아당긴다. 아쉬움이 파도처럼 밀려왔다. 참, 어리석었다. 자신의 원망했던 지난날들이 밀려왔다. 사람들에 대한 원망이 밀려와 하얗게 파도가 되어 부서졌다. 하얗게 밀려오는 물결 끝이 부서지면서 사방으로 흩어졌다. 어리석음아, 다 부서져라. 매듭을 세게 잡아당겼다. 풀어졌다. 동그란 물방울들이 거품이 되어 일어났다. 보글보글…….

둥실둥실, 탁. 거품이 터졌다.

여섯째 매듭을 손에 잡는다. 하얀색이 두 눈에 가득 들어온다. 지난 겨울 언제인가. 눈이 왔었다. 새파랗게 얼어 가던 배추에 소복이 쌓인 눈. 배추밭이 저 너머 끝까지 펼쳐져 있었다. 젊을 적 새벽어둠을 밟으며 나가서 일하던 밭. 하얀 달빛을 밟으며 그 밭을 지나 다시 집으로 돌아왔다. 참, 열심히 살았다. 쉬지도 않고 일했다. 밭에서, 집에서 부지런히 움직이며 살았다. 그러면서도 만나는 인연들 서운하지 않을까 마음 살피며 함께 웃어 주었고, 슬픈 일은 함께 눈물 흘렸다. 나는 부족해도 정말 아낌없이 퍼 주었다. 술 먹고 싶은 친구들 술 사주고, 집에 불러 밥도 차려 주었다. 그렇게 보낸 시간이 쌓여 자신을 하얗게 물들이고 있었다.

머릿속이 희끗희끗하다. 떠오르는 기억들이 하얀빛에 휘감겼다. 점점 물들어갔다. 가진 게 없어도, 많이 배우지 못했어도 거짓 없이 살아온 시간이었다. 그러면 된 것이다. 자신의 육신이 대견했다. 참, 잘 참고 견뎌왔다. 지난 시간이 하얀빛이 되어 사방에 흩어졌다. 이 모든 것이 꿈을 꾸고 있는 것만 같았다.

이제 마지막이다. 일곱째 매듭 하나만 남았다. 뒤로 길게 무명천이 늘어져 있다. 풀어진 하얀 천이 길다. 가래떡을 이어 놓은 것 같다. 천천히 잡는다.

어느 비 오던 날이었다. 파밭에 황톳빛 흙이 말라가고, 옥수수 이파리 끝이 말라가던 날들이었다. 후두두 소낙비가 떨어졌다. 온갖 풀들이 푸릇했다. 하늘 아래 세상에 생기가 돌았다.

하늘빛도 전보다 더 파랗다.

마을 저수지에도 물이 차올랐다. 동네 어르신들은 붕어를 잡으러 간다고 저수지로 몰려갔다. 비가 안 와서 타들어 가던 마을 사람들의 근심 걱정을 씻기고 있었다. 한 차례 빗줄기가 온 마을을, 온 세상을 씻기고 있었다. 저수지에서 내려다보는 파릇한 밭이 펼쳐진 밭이, 산이, 저수지가 아름다웠다. 세상이 아름다웠다. 산다는 것이 아름다웠다.

굿판을 따라다닌 지 벌써 몇 해인가. 까만색 머리가 하얘지도록 굿을 한 세월. 억울하기도 하고 원망도 많이 했다. 돈을 벌기 위해 시작한 일이지만 오히려 자신을 키운 건 굿이었다.

죽어 가는 영혼을 달래 주고 씻겨서 좋은 곳에 가시라고 축복하는 굿이 있어 감사했다. 살아 있는 육신이 있다는 것에 감사했다. 하늘에 별이 총총하다.

목련꽃은 환하다. 어두운 밤이지만 어둡지 않았다. 목련이, 별이, 달이 하얗도록 가진 빛을 밝히고 있었다. 나이를 먹는다는 것은 이런 것일까. 이 밤이 하얗도록 다 태우고 나면 또 밝은 내일의 해는 떠오를 것이다. 나고 죽는 것이 동전의 양면과도 같다는 생각이 들었다. 죽음이 있어야 다시 태어남이 있는 것이고, 힘들고 고달픔이 있어야 행복이 있는 것이었다. 하얗게 쌓인 눈이 녹으면 보이지 않던 초록색 잎이 드러나는 것과 같았다. 검고 어두운 밤이 지나면 밝은 해가 떠오르는 것과 같았다. 행복이 밀려왔다.

그녀가 마지막 매듭을 잡아당긴다. 속이 후련했다. 무겁게 짓누르던 어딘가가 뚫리고 있었다. 꽉 닫힌 문에 실금 같은 틈이 벌어졌다. 그 틈으로 빛이 들어오기 시작했다. 하얀빛이 쏟아졌다. 참, 시간은 빨리 지나갔다. 벌써 어둑한 어둠이 연보랏빛 새벽이 밝아오고 있었다. 있는 힘껏 당겼다. 스르르 매듭이 다 풀어졌다.

죽은 이를 달래기 위해 굿을 한 밤이지만 그녀 가슴에 굳게 닫혀 있던 문 하나가 스르르 열리고 있었다. 그녀는 안다. 남을 위해 씻길수록 그녀 가슴을 맺힌 슬픔과, 원망과 슬픔이 씻기고 있었다. 남을 위한 것이 곧 자신을 위한 것이었다. 산다는 것이, 음과 양이 다르지 않았다. 추움과 더움이 다르지 않았다. 행복과 불행이 다르지 않았다. 돈이 많고 적음이 다르지 않았다. 모든 것이 인생이라는 한 그릇 안에서 엎어졌다 뒤집어졌다 그렇게 뒤섞여 사는 것이었다. 그저 산다는 것은 눈물 나도록 아름다웠다.

까만 밤을 밝히던 하얀 목련 위에서 더욱 빛나던 별빛이 어느새 보이지 않는다. 곧 새벽닭이 울 것이다. 그녀의 얼굴빛도 지쳐 보였다. 그래도 몸 움직임은 노련했다. 그녀는 무엇을 해야 할지 훤히 알고 있었다. 그녀는 죽은 영혼을 위해 마음속으로 중얼거렸다.

'오늘 망자, 당신 위해 어두운 밤이 하얗도록 빌어 주었소. 당신 살아서 펼치지 못한 꿈, 힘들었던 지난 세월, 얼룩져 있던 어두운 마음이 이슬처럼 시리도록 맑아지라고 빌었소. 하지만 내가 오히려 고맙소. 머리 하얘지도록 죽은 망자 굿을 해 온 세월이 나야말로 원망스럽고 힘들었소. 그 힘든 세월이 굵은 밧줄처럼 이 몸을 묶어놓은 것 같았소. 하지만 그것은 내가 오해한 것이었소. 내가 스스로 묶어 놓은 밧줄이라는 것을 깨닫게 되었소. 내가 묶어 놓은 밧줄 내가 풀었으니 너무 가볍고 후련하구려.

망자도 부디 좋은 곳으로 잘 가시구려. 하얗게 핀 목련꽃으로 수놓듯 하얀 길 펴 놓으니 살포시 밟고 마음 편히 가시구려. 그동안 모진 세월 사느라 고생 많았소.'

이젠 씻김굿도 다 끝나간다. 그녀가 하얀 무명천을 하얗게 허공을 날리던 지전을 모은다. 불을 붙였다. 붉은 불이 붙었다. 훨훨 타올랐다. 간밤 태우지 못한 마음속 말들까지 모두 다 태우려는 듯 그녀의 입은 중얼거렸다. 무슨 말인지 알아듣지 못했다.

빨간 불길이 타올랐다가 이내 사그라진다. 모든 것이 끝난다.

〈진도 씻김굿〉 공연 중 '지전춤' ⓒ진도군립예술단

날이 밝았다. 새로운 날이다. 그녀가 대문 밖을 나온다. 크게 숨을 내쉰다.

그녀는 무슨 생각을 할까. 큰 산 하나를 넘은 듯하다. 얼마나 많은 산들을 넘어야 할까. 이제 그만하고 싶다는 생각을 할까.

그녀의 발길이 무겁게 느껴진다. 나는 그녀 발목을 감았다. 그녀 등 뒤를 쓰다듬듯이 스쳤다. 그녀가 낮게 중얼거린다.

'오늘 바람은 시원허다.'

씻김굿 명인

채정례(1925~2014) 명인

채정례 당골은 전남 신안군 하의도 출신으로, 대대로 세습무 집안의 넷째 딸로 태어났다. 아버지는 채백주, 어머니는 임득춘으로 열 살 무렵 부모님을 따라 진도로 이사 온 후 평생을 진도에서 마쳤다.

세습무계 전통에 따라 채정례 당골도 결혼하기 전까지 굿을 하지 않았다. 18살 때 진도 무계 집안의 함인천과 결혼하여 의신면 만길리에 살면서 씻김굿을 시작하였다.

처음에는 몸이 아픈 언니를 대신해 굿을 한 것이 계기가 되었으며, 그때 나이가 33세였다. 가난한 탓에 굿을 할 수밖에 없었다고 한다. 그녀의 무가 사설은 "거미가 거미줄을 뽑아내듯이" 자연스럽게 했다고 한다. 이는 어머니의 굿을 보고 자랐고, 언니 채둔굴에게 무가사설을 배운 영향이 크다. 평생을 굿판을 함께 동반자인 남편 함인천은 장구를 쳤고, 무구를 제작하였다. 그녀의 자녀들은 씻김을 이어받지 못했다. 향년 87세 일기로 세상을 마쳤다. 채정례 당골은 2007년 「한겨레」 기자와 만나 "망자의 한을 풀어 부정을 깨끗이 씻겨 극락으로 천도하는 것에 보람을 느낀다"라고 했다.

채정례 당골은 무형유산(전 무형문화재) 예능 보유자로 지정되지 못했지만, 좋은 목청을 타고났고 굿 사설이 장단에 똑떨어져 명인으로 이름났다. 무속인들의 애환을 다룬 영화 〈영매〉(2002)에 주인공으로 출연했고, 2005년 그녀의 구술집(국립남도국악원 펴냄)도 나왔다. "내가 죽어 불면 (굿을) 할 사람이 없응께, 기를 쓰고 갈친다(가르친다)"라고 하며 제자들에게 각별한 애정을 쏟았다. 제자로는 소리꾼 채수정 씨가 있다.

채정례 당골은 무속음악 연구자들에게 많은 관심과 연구의 대상이다. 1988년 국립민속박물관의 현지 조사를 통해 채씨 집안의 무계 전통과 씻김굿이 집중되었다. 2003년에는 KBS 공사창립 30주년 특별기획시리즈 〈소리〉 제1편 '죽은 자를 위한 산 자의 어머니'가 방영되면서 세간의 주목을 받았다.

그녀의 소리와 춤은 빼어나게 아름다운 것은 아니다. 하지만 전통 씻김굿에 있어 마음결에 있어서는 가히 '원형'이라 하고 싶다. 요즘 돈과 명예로 대접받기 위한 자리를 얻기 위한 것이

삶의 목적이 되었다. 이런 시대의 흐름 속에 홀대와 천시를 온몸으로 맞으며, 평생을 괴롭고 힘들어하는 사람들을 찾아가 복을 빌어 주었다. 쌀 넉 대에 밤을 새워가며 소리를 하고 지전을 흔들며 굿을 한 마음은 채정례 당골은 물론 이전의 당골도 그러하였다. 그것이 전통처럼 이어져 온 마음결이다.

모든 것이 변해 가는 요즘이다. 더욱 변화의 속도가 빨라지고 있다. 집 마당에서 멍석을 펴고 행하던 굿도 보기 힘들다. 이제는 공연장 무대에서 볼 수 있다. 마땅히 전통에 있어서 '원형'이라고 하는 것도 변한다. 하지만 변하지 않고 내려오는 것은 마음이다. 굿판을 행하는 당골이 품고 있는 마음, 내가 아닌 남을 위해 빌어 주는 그 마음을 소리로 풀고, 춤으로 허공에 날리는 손짓은 변하지 않고 이어가야 할 원형이다.

전통은 마땅히 이어져야 한다. 하지만 누구도 돈과 명예를 얻기 힘든 당골을 하겠다고 선뜻 나서지 않는 것이 현실이다. 그렇기에 채정례 당골의 삶은 가히 후대 사람들에게 전해져야 할 본보기가 되므로 이 글에 담아 기리고자 한다.

그녀의 굿에 묻어나는 삶의 애잔함과 푸근함은 한국의 향토적 정서이며, 씻김굿이 가지고 있는 굿의 정신과 진솔한 아름다운 마음결이다.[35]

---

35 국립남도국악원, 『(국립남도국악원 총서 5) 채정례 진도씻김굿』, 앞의 책, 13쪽 참고.

김대례(1935~2011) 명인

김대례 당골은 진도군 임회면 삼막리에서 태어났다. 아버지는 김영찬으로 비금도 출신이며 무가 집안은 아니었다. 하지만 외할아버지는 대금 명인 박종기이며, 어머니인 박소심도 유명한 당골이었다. 김대례 당골 역시 결혼하기 전까지 굿을 하지 않았다. 17세에 결혼하면서 생활이 어려워 굿을 배웠다. 그녀는 어머니의 사촌인 박선애 당골에게서 굿을 배웠으며, 남편 한찬용은 무계 출신이지만 굿에는 참여하지 않았다.

23세 때부터 어머니를 따라 본격적으로 굿판에 나섰다. 원래 진도의 당골은 시어머니에서 굿을 배우는 것과는 다른 경향을 보인다. 여섯 남매의 자식을 낳았으나 아무도 무업을 잇지 않고 있다. 그녀 역시 무업을 계속하기 싫어했으나 무형유산 기능보유자로 지정받아서 계속하였다. 그녀는 남편의 고향인 진도읍 남동리에 살 때까지 굿을 한 후, 임회면 백동리로 이사하면서 그만두었다.

김대례 당골이 하얀 무명 소복을 입고 지전춤을 추면 한 마리 갈매기 같다고 평한다. 그녀의 굿 노래를 듣고 있으면 가슴을 짓누르는 한이 저 밑바닥부터 아주 부드럽게 풀려나와 적막한 밤하늘로 퍼져가는 것이 느껴진다고 한다.

박병천(1933~2007) 명인[36]

박병천 명인은 지산면 인지리 출신이다. 전남 진도 신청(神廳)의 피리 악사 박범준과 진도 최고의 당골 김소심의 차남으로 태어났다. 작은할아버지는 대금산조의 창시자 박종기다. 어려서부터 굿판을 보고 자랐다. 집안 내력으로 탁월한 예술적 자질을 물려받았다. 이러한 환경에서 자란 그는 어려서부터 집안 어른들 밑에서 어정(굿)판을 따라다니며 악가무를 익혔고, 어릴 때 마을 농악판 무동으로 활동하였다.

18세부터는 판소리 명인 박동준에게 가야금을 배웠고, 30세에는 호남춤의 명무 이매방에게 전통무용을 배우기도 하였다. 뿌리 깊은 당골 집안의 후예답게 천부적인 재능을 배경으로 악가무 명인이 되었다. 1980년 진도씻김굿이 국가무형문화재로 지정되어 47세에 예능 보유자가 되었다.

그는 씻김굿뿐만 아니라 무용 예술 세계에서도 크게 활약하였다. 그 대표작이 〈진도 북춤〉이다. 한국 무용계의 중견 무용가들이 서울 종로구 창신동에 있던 '박병천 문화재전수소'에서 진도북춤을 사사받았다. 〈진도 북춤〉은 농악판에서 놀던 북놀이였다. 그 가락과 춤사위를 다듬어 무대에 올려 '박병천류 진

---

36 황루시, 『진도씻김굿』 80쪽과 '국립민속박물관의 한국민속대백과사전 - 박병천' 자료를 참고.

도북춤'이라는 새로운 장을 여는데 시조가 되었다. 그의 북춤은 양손의 북채로 양북면을 두드리며 천지를 울리고 신명을 북돋는 춤새를 구사하여 흥겨운 신명을 이끌어 낸다.

그의 춤사위는 남다르다. 손끝, 발끝의 선이 유려하게 움직여 가히 아름답다. 무용 예술 중 가장 호평을 받는 것은 지전춤이다. 〈진도 씻김굿〉 중 제석거리에서 추어지는 굿거리춤과 지전을 들고 추는 춤을 바탕삼아 무용 예술로 구성한 것이다.

그는 1981년 국제민속예술제 초청 유럽 6개국 순회공연을 시작으로 수많은 공연을 통해 씻김굿을 세계에 널리 알리는 공헌을 하였다. 또한 그에 의해 〈진도 씻김굿〉을 비롯한 〈남도 들노래〉 〈강강술래〉 〈진도 다시래기〉 〈진도 만가〉 〈진도 북놀이〉 〈진도 닻배노래〉 등이 공연 무대에 올릴 수 있게 되었으며, 이들은 훗날 국가지정 중요무형문화재 또는 전라남도 지정 무형문화재가 되었다. 이를 두고 일부에서는 향토 문화를 인위적으로 연출해 소박한 토속적 아름다움을 잃었다는 평을 받기도 하며, 대중화를 이뤄냈다는 평을 받는다.

그가 남긴 음반으로는 「박병천의 구음(口音) 다스름」 「한국의 슬픈 소리」 「진도 씻김」 「강강술래」 등이 있다.

제4장

마음결

누군가의 마음을 알기 위해서는 마음의 눈이 있어야 한다. 마음의 눈을 뜬다는 것은 마음과 마음이 서로 통하기 위한 준비이기도 하다.

'너'와 마음이 통하기 위해서는, '나'의 마음과 '너'의 마음을 서로 주고받기 위해서는 어느 정도 경지에 올라야 한다. 경지에 오르면 마음의 본성이라는 것이 언제나 변함없다는 것을 깨닫게 된다.

'깨달음'은 오랜 시간 동안 다양한 경험을 통해서 스스로 알게 되는 지혜다. 그 지혜가 가진 힘은 바람이 그물에 걸리지 않듯이 막힘이 없다.

마음조시

안개가 걷히듯

지난여름은 안개가 짙은 날이 많았다. 안개가 하얗게 내려앉은 날은 풍경이 가려져 보이지 않는다. 벼 잎이 파랗게 올라오던 논, 직선으로 나 있는 길, 동네 지붕들, 봉긋 솟은 산까지 보이지 않았다. 창문 너머 보이는 파랗게 펼쳐진 논을 보면서 차 마시는 것을 선물처럼 즐기는데 안개에 가려 보이질 않으니 답답하기만 했다.

한번은 아침에 막 일어나니 기이한 풍경이 펼쳐지고 있었다. 하늘 위에 떠 있는 구름이 된 기분이 들었다. 안개가 하늘과 땅 그 중간에 길이 되어 붕 떠 강물처럼 흘러가고 있었다. 안개는 가로놓인 나무와 산을 비켜 유유히 흘렀다. 안개 아래 펼쳐져 있는 마을의 모습은 고요했다. 뿌연 안개 때문에 세상은 둘로 나누어졌다. 가려져 보이지 않는 쪽과 잘 보이는 곳. 잘 보이는 쪽의 논은 벼잎이 더 싱그럽게 보였다. 안개에 가려져 보이지 않는 쪽은 답답했다.

안개는 하늘과 보이는 것과 가려진 것의 경계선이 되었다. 마치 숨은그림찾기 하듯 안개에 가려진 반쪽 풍경이 나타나기를 기다리고 있었다. 세상은 가려진 쪽과 그렇지 않은 쪽, 보이는 것과 보이지 않는 것, 흐린 것과 맑은 것, 있는 것과 없는 것, 이것과 저것, 상반되는 둘이 엉켜 조화를 이루는 것이다. 있음과 없음, 반대되는 극과 극이 만들어 내는 힘은 크다. 세상이 아름다워 보이는 것도 가득 차 있는 하나보다 비어 있는 반쪽이 있어서다.

산다는 것도 무언가를 성취하고 얻기 위해 열심히 산다. 바지런히 몸을 움직일수록 겉은 화려해 보여도 보이지 않는 내면은 휑함을 느낀다. 그것을 두고 외롭고, 쓸쓸하고, 적적하다고 말한다. 그것은 가득 차 있는 것이 제대로 된 것이라고 보는 고정관념이 있어서다. 건전지에도 양극과 음극이 있듯이 존재하는 것에는 있음과 없음이 한 몸이 되어 하나를 이루는 것이다.

안개는 시간이 지나면서 옅어졌다. 차츰 가려져 있던 반쪽이 드러나면서 짝이 맞춰졌다. 그날 하얀 띠가 되어 허공에 떠 있던 안개는 뿌옇게 마을을 둘로 가르며 유유히 흘러가고 있었다. '고요'라는 단어가 가장 어울리는 풍경이었다. 안개 때문에 반쪽이 보이질 않아서 답답했다. 무언가 앞이 가로막혀 있으면 답답하다. 마음도 그렇다.

땅속 금덩이와 관(觀)

한 노인이 아들에게 유산으로 물려줄 금덩이를 땅속에 묻었다. 아무것도 모르던 아들은 세상을 떠돌며 겨우 생계를 이어간다. 갖은 고생으로 고단히 살던 아들은 무려 오십 년이 지나 집으로 돌아온다. 노인은 아들에게 금덩이가 있다고 말한다. 아들은 금덩이를 보자 기뻐 날뛴다.

"애야, 너무 기뻐하지 마라. 그것은 처음부터 네 것이었다!"

땅속에 있던 금이나 오십 년 후에 찾은 금이나 노인에게는 같은 금이다. 어차피 아들에게 줄 것이니까. 하지만 아들에게는 다르다. 세상을 떠돌던 아들은 바닷가 바위에 덩그러니 서서 세상이라는 세차게 내리치는 모진 파도를 이겨 내야 했을 것이다.

오십 년이라는 시간은 안개에 가려진 시간이다. 세상과 부딪히며 산다는 것은 모질고, 어렵고, 힘듦이라는 안개에 가려져 있음을 말한다. 뿌연 안개에 시야가 가려져 있으면 봐야 할 것을 못 본다. 그래서 답답하다. 괴롭고 힘들었다는 것도 봐야 할 것을 잘 보지 못하는 것이다. 그래서 잘 봐야 한다.

잘 보는 것을 관법(觀法)이라고 한다. '관(觀)'은 실제로 눈으로 보는 것이 아니고, 마음속으로 떠올려 표상화하는 것이다.

맑은 호숫가에 하얀 백조가 가만히 떠 있는 것을 보고 '고요하다' '풍경이 아름답다' '차분하다'라고 말한다. 맑은 호숫가, 하얀 백조가 가진 이미지가 고요하다, 아름답고, 차분하다 등의 느낌이 떠오른 것이다. 맑은 호수는 고요하고, 하얀 백조는 아름답다. 곧 마음이 맑다면 맑을 떠올리는 것이고, 깨끗하다면 깨끗함을 떠올리는 것이다.

마음과 눈[目]

본다는 것은 눈의 작용이다. 눈에 사물이 들어오는 동시에 사물에 대한 인식 작용도 함께 일어난다. 인식은 마음속에 차곡차곡 저장되어 있던 잠재의식 속에 씨앗이 일으키는 작용이다. 씨앗은 평소 보고, 듣고, 맛보는 빛깔, 형상 등이 의식 속에 씨앗이 되어 쌓여 있다가 사물을 보았을 때 싹처럼 돋아난다. 이 작은 싹들이 자라서 꽃이 되어 열매를 맺는 것처럼 번뜩이는 작은 생각 하나가 사람을 움직이고, 움직임은 그 사람의 '행(行)'으로 나타나는 것이다.

행(行)의 결과를 놓고 '좋다-나쁘다'로 판단하는 경우가 있다. 사람을 해치는 경우나 사람으로서 하지 말아야 할 것은 당연히 나쁘다는 판단을 해야 한다. 일반적으로 누구나 보편적으로 '옳다–그르다'로 판단할 수 있는 경우는 제외한다.

사실 마음은 맑고, 깨끗하다고 할 때는 분별이 없다. 분별은 '이렇다–저렇다' 혹은 '이것–저것' '좋은–나쁜' 이런 식으로 차별이 없는 것을 말한다. 산 정상에 올라가 펼쳐진 장엄한 풍경에 '앗' 이 한마디 외침과 침묵이 전부일 수 있다. 어떤 말로도 표현하지 못할 경우가 있다. 그런 순간 '이렇다–저렇다' 분별이 사라지고 자연이 펼쳐지는 아름다움에 어떤 생각도 들지 않는다. 이 순간 잡념이 사라지는 것이다.

즉 분별하지 않는 마음은 있는 그대로를 보게 되는데 이를 두고 깨끗하다고 한다. 즉 힘들고, 괴롭고, 어려운 마음을 통틀어 '불행'이라고 한다면 불행은 잘 보지 못한 것이다. 괴로울수록 무언가를 바라보거나 떠올려 생각할 때 분별하는 마음이 큰 것이다. 분별심이 없다는 것은 양팔 저울에 마음의 겉과 속이 균형을 이루었다는 뜻이다. 차별, 분별이 있다는 것은 한곳으로 쏠렸다는 뜻이다. 그래서 마음이 무거워진 것이다.

양팔 저울이 밖으로 기운다. 즉 마음 밖이 무겁다. 밖은 나를 둘러싼 사물, 사람, 생활 등 모든 주변을 말한다. 밖으로 기우뚱 기울어지면 표정으로 드러난다. 기울어진 만큼 표정이 힘들고, 괴로울 것이다.

앞선 이야기에서 아들은 오십 년이 지난 뒤, 금을 보고 기뻐 날뛰었다. 분명 '금'만을 보고 기뻐한 것은 아니다. 그가 겪은 세월 동안 사물을 대하는 의식, 마음이 분별이 사라져 기쁨으로 드러난 것이다.

물론 아들이 돈, 물질을 간절히 원해 기쁨의 눈물을 흘렸을 수도 있다. 금은 그의 고통, 괴로움을 해결해 줄 대상이다. 아마도 아들은 이런 생각을 했을 것이다. 드디어 지긋지긋한 삶의 고통에서 벗어나게 되는구나!

한 찰나 속 인생

고생을 겪은 아들은 사람이 할 수 있는 생각의 범위에서 분별을 일으킬 수 모든 현상을 겪었다는 것이다. 오십 년이라는 숫자는 한 찰나에 불과하다. 찰나는 어떤 일이 일어난 바로 그 순간이다. 찰나는 짧은 순간이다. 짧은 찰나에도 나고, 머무르다 변해 사라져가는 일련의 과정이 있다. 왜냐하면 한마음 움직이는 코스이기 때문이다.

어떤 원인이 되었든 나타나는 삶의 현상들은 미래에 생겨날 수 있는 씨앗을 품고 있다. 가령 봄에 깨알만 한 개나리 싹이 움을 틔웠다면 앞으로 노란 꽃이 활짝 피었다가 시들어 결국 떨어져 지고 말거라 추측할 수 있다. 이 과정이 한 찰나가 된다. 또, 한 아이가 초콜릿과 사탕을 너무 좋아해 입에 달고 다니는데 양치질까지 잘 하지 않는다고 하자. 이 아이는 사탕을 많이 먹어 충치가 생겨, 치과에 갈 것이고, 이가 빠질 것으로 생각할 수 있다. 이것이 한 찰나 일으킨 생각이다.

노인이 아들에게 금이 있다고 알려 주었을 때 아들의 머릿속에 한 찰나의 생각이 일어난 것이다. 더 이상 고생하지 않아도 된다는 것을 깨달은 것이다. 한 생각이 움츠리고 뛸 수 없는 막바지에 이르면 머릿속에서 일어날 수 있는 모든 현상의 마지막 단계에 온 것이다. 마지막 단계에서는 내가 일으킬 수 있는 생각의 끝이다. 그 순간 '아, 그렇구나!' 하고 깨닫게 된다.

오해나 잘못된 생각은 괴로움을 가져온다. 만약 친구가 집으로 찾아오는 중이라고 전화를 받았다고 치자. 올 시간이 다 되었는데 오지 않으면 머릿속에서는 별별 생각이 다 일어난다. 생각이 움츠리는 것이다. 혹시 차가 막히나, 무슨 일이 있을까. 혹시 사고라도 난 것은 아닐까. 생각은 점점 복잡해지고 초조하고 불안해진다. 갑자기 현관문이 열리면서 기다리던 친구가 들어오면 안심되고 기쁘다. 늦게 온 이유가 중간에 차를 잘못 타서 내려서 다시 갈아타고 왔다고 말하면 오해가 풀리면서 속이 시원하다. 친구가 늦게 온 앞뒤 사정을 잘 알게 된 것이다.

삶도 그런 것이다. 잘 알게 되면 속이 시원해진다. 괴롭고 힘든 것도 무언가 잘못 알고 있거나 제대로 보지 못해서다. 흔한 일상에서 있는 일이지만 이런 사소한 일들을 겪으면서 깨닫게 되는 것들이 큰 깨달음의 씨앗이 되어 쌓인다. 이렇게 씨앗들이 쌓여 마음은 견고하고 단단해진다. 마음이 귀하고, 변하지 않으며, 맑고, 청정한 금강석과 같은 보물이 되어가는 것이다. 금강석과 같은 마음은 모든 의심을 깨뜨려 부순다.[37] 그래서 모든 존재의 '참모습'을 보게 되는 것이다.

이 보물은 어떤 고난과 힘든 일이 닥쳐와도 견뎌낼 수 있는 방패가 되어 주며, 마르지 않는 사랑의 샘물이 된다. 비가 풀과 나무를 적셔 열매를 맺게 하듯 온갖 만물을 자라게 하듯 좋은 마음 하나가 내는 빛은 다 꺼져가는 생명의 불씨도 살릴 수 있다. 금강과 같은 마음은 누구에게나 있다. 단지 안개로 가려져 있어 잘 보지 못할 뿐이다. 여기서 '안개'는 잘 알아야 할 것을 알지 못하는 것이나 잘 봐야 하는데 보지 못한 것을 의미한다.

눈 쓸 듯 마음도 쓸고

금강과 같은 마음을 내 속에서 찾기 위해서는 먼저 살핀 후 생각해야 한다. 고백하건대 나는 살핀 후 생각하는 게 잘되지 않는다. 보자마자 감정이 앞선다. 화가 솟구치거나 말을 성급

---

37 원효, 조용길 외 옮김, 『금강삼매경론(상)』, 동국대학교출판부, 2002, 31쪽.

하게 내뱉어서 후회도 많이 했다. 화를 낸다는 것은 마음의 균형이 깨졌다는 뜻이다.

지금 창밖에는 엊그제 내린 눈이 희끗희끗 쌓여 있다. 눈을 아무 생각 없이 바라보면 쌓인 눈이 아닌 눈이 품고 있는 옛 기억이 떠오른다. 어릴 적 하얗게 눈발이 휘날리던 날 눈을 쓸던 아버지 기억이 자꾸 떠오른다. 쓱쓱 싸리비 소리가 귀에 들린다. 그 소리를 따라가다 보면 아버지가 부르던 목소리가 귓속 가득히 퍼지면서 행복해진다. 내게 눈은 아버지의 빗자루 소리와 함께 아버지의 사랑을 품고 있다.

마음을 한곳에 모으고, 가만히 마음속에서 일어나는 대로 생각을 따라 움직이면 어느 순간 행복이 일어난다. 하얀 눈을 바라보고 있어도 하얀 눈 그 너머의 것이 다가온다. 사물 너머에 있는 무언가가 밀려오는 것이다. 그것은 내 속에 쌓인 울퉁불퉁한 씨앗이다. 씨앗 중에서 행복한 기억들로 저장된 씨앗은 부드럽고, 온화한 미소를 짓게 하는 행복한 열매가 되지만 그렇지 못한 씨앗도 있다. 울퉁불퉁한 거친 씨앗은 가슴속에서 미어지는 슬픔과 미련, 아픔, 아쉬움의 불행한 열매가 되기도 한다.

울퉁불퉁한 씨앗도 잘 살펴 바라보면 슬픔, 아픔, 미련, 괴로움, 아쉬움, 불우한 생각의 열매가 더는 자라지 않게 된다. 왜냐하면 집중하여 바라볼 때 흩어져 있던 느낌이 고이기 때문이다. 당장 해결할 것이 많고, 분주하면 느낌이 고이지 않는다.

사물을 깊이 살피고 바르게 보기 위해서는 마음을 한곳에 집중해야 한다. 그 상태가 오래 유지되면 머릿속에서 마구 떠오르는 생각도 사라지고 움직이지 않는 상태에 이르게 된다. 이때 마음이 한곳에 머무르는 것이다. 마음이 한 가지만 생각한다고 해서 바르다고 할 수 없다. 흐리멍덩한 상태에서 한 곳에 집중할 수 있기 때문이다. 옳고 그름을 떠나 생각이나 말로 헤아려 알려고 하는 것은 머리로만 생각하고 살피는 것이다. 이것은 헤아리기만 하는 것으로 '바른 집중'이 아니다. 바른 것은 마음에서 마음끼리 끌어당기는 힘이 있다.

이끌어 냄

바른 생각으로 마음을 집중하다 보면 좋은 느낌이 고이게 된다. 몸과 마음이 편해지는 행복감이 밀려든다. 마음이 편하고 행복하면 힘든 일을 이겨낼 힘이 생긴다. 이런 좋은 느낌은 주변 사람들을 기분 좋게 하는 마법이 생긴다. 더 많은 일을 할 수 있는 힘을 이끌어 낸다. 이것을 '이끌어 냄'이라고 한다. 바른 마음과 바른 집중이 가져오는 결과다.

한번은 태권도 대회에 참가한 한 초등학교 1학년 아이가 다리를 벌벌 떨고 있었다. 키도 크지 않은 여자아이였는데 대회는 처음이라 너무 긴장하여 얼굴이 파랗게 굳어 있었다. 나는 다가가 긴장하지 말고 '해낼 수 있다'는 마음만 생각하면 못 할 것이 없다고 이야기해 주었다. 시합에 들어가기 전에 태권도를 잘하고 싶다고 간절히 생각하면 금메달 딸 수 있을 거라고 말을 해 주었다. 정말 그 아이는 금메달을 목에 걸었다. 시합을 막 끝내고 온 아이에게 어떤 마음으로 시합을 했는지 물었더니 아이는 씨익 웃으면서 말했다.

"저는요, 금메달을 간절히 따고 싶었어요. 시합을 하면서 계속 금메달민 생각하면서 품새를 했어요."

아이는 바르게 집중한 것이고, 그 집중이 금메달을 이끌어 냈다. 아직 여덟 살로 어린 나이지만 마음은 심지가 굳세었다. 이 아이는 아마 오십 년씩이나 헤매면서 금을 찾아 돌아다니지는 않을 것이란 생각이 들었다.

앞선 이야기에서 오십 년이 지나 금덩이를 찾은 아들이 마음을 한곳에 모아 간절하게 어려운 일을 헤쳐 나가고자 집중했다면 좀 더 빨리 집을 찾아왔을 것이고, 금덩이를 찾았을 것이다. 어쩌면 금덩이가 필요 없을 정도로 행복을 스스로 이루었을 것이다.

오십 년씩 헤맨 것은 오랜 시간이 지났다는 뜻이 아니다. 한 생각에 오십 가지 나쁜 생각이 들어 있다는 뜻이다. 안개에 가려서 봐야 할 것을 제대로 보지 못한 것이 오십 가지가 된다는 것이다. 이것은 세상 이치를 확실히 이해했다는 것이다. 제대로 봐야 할 세상 이치 중 하나는 세상은 정해진 모양이 없다는 것이다. 그것은 무상(無相)이라고 한다. 무(無)는 없다는 것이 아니다. '일정하지 않다' '이것이다'라고 정해져 있지 않다는 것이다. 왜냐하면 세상은 내가 생각한 기준대로 돌아가지 않기 때문이다.

세상은 세상이 정한 기준이 있기 마련이다. 노인의 아들은 집으로 돌아가기 전까지 하는 일이 제대로 되지 않았을 것이다. 이대로는 안 되겠다 싶어 모든 것을 포기하는 심정이었을 것이다. 그때 아들은 세상과 산다는 것에 대해 이런 모양이라고 정의를 내렸을 것이다. 세상은 아무리 열심히 살아도 남는 건 없구나! 아, 산다는 것은 정말 힘들구나! 세상은 괴롭기만 하구나!

막상 집으로 돌아와 금이 있다고 알았을 때는 힘들고, 열심히 살아도 소용없다고, 괴롭다는 생각의 모양은 한순간에 날아가 버렸다. 기뻐 날뛰면서 이런 생각을 했을 것이다. 그래도 세상은 살 만하구나! 그동안 열심히 산 보람이 있구나!

노인의 아들은 쌓였던 괴로움이 순식간 사라져 이제 다시 잘 살 수 있을 거란 벅차오르는 감동에 휩싸였을 것이다. 안개로 가려져 있던 세상이 드러났기 때문이다. 세상을 제대로 보기 위해 주의할 점 가운데 하나는 모양을 갖지 말라는 것이다.

이런들 어떠리 저런들 어떠리

밤바다는 고민하며 말한다.

"난 그냥 바다일 뿐이야. 가끔 바람이란 녀석이 휙 불어오면 왔다 갔다 물결이 출렁이지. 좀 더 세게 바람이 불면 파도가 되기도 해."

밤바다가 펼쳐진 하늘에 별이 하나 떴다. 컴컴한 바다에게 별이 묻는다.

"너는 어떻게 생겼니? 어두워서 네가 잘 안 보여서 말이야."

"그럼, 너는 파도구나?"

"아니, 나는 바다라고."

잔잔한 바다에 바람이 불면 물결이 되고, 물결이 세차게 움직이면 파도가 되듯이 파도가 빠진 바다도 없고, 물결 없는 바다가 없다. 바다는 그냥 있을 뿐이다. 이런 바다를 두고 본바탕이 텅 비어 있다고 한다.

누군가가 묻는다. "마음은 어떤 모양일까요?" '모양'을 떠올리는 그 '모양'이라는 것이 있을 거란 생각조차 없애라고 한다. 마음은 텅 비어 고요하여 아무것도 만들어 내는 것이 없기 때문이다. 본바탕이 비어 있다고 한다. 텅 비어 고요한 마음은 어디에도 매이지 않는다. 어디에도 매이지 않으므로 어리석고 괴로움에도 매이지 않는다. 곧 어리석음과 괴로운 마음을 끊어 버리는 것이다. 마음속에 진실하지 않은 생각을 떠올리지 않는 것이다.

매여 있음

사는 것은 산다는 것에 매여 있다. 매일 끼니에 매여 있고, 밥벌이에 매여 있다. 사는 동안 번뇌를 벗을 수 있을까. 번뇌를 벗고자 노력할 따름이다. 바닷물결이 늘 바람에 흔들리듯 마음도 당장 먹고사는 것에 매여 있다. 매여 있는 것을 번뇌라고 한다.

번뇌의 얽매임에 갇혀 있다고 한다. 텅 비어 고요한 것은 번뇌의 얽매임에서 벗어나 자유를 얻었다고 한다.

마음은 허공의 바다와 같다. 끝없이 넓고 커서 일어날 수 있는 모든 현상을 포함하고 있다. 그러니까 앉아서 마음이 일으키는 생각은 무한대다. 생각만으로 모든 것을 할 수 있다는 것이다.

그러나 모든 마음이 만들어 내는 생각이라든가 움직이는 모습은 처음부터 왜 그렇게 생기게 되었는지 근거는 없다. 왜냐하면 처음 생겨나온 자리가 없기 때문이다. 마음은 밤바다와 같다. 어두워 잘 보이지 않아도 바다가 있는 것처럼 마음은 있다. 바다처럼 흐른다.

아무것도 만들어 내지 않는다고 하면 '아무것도 하지 않고, 다 쓸데없고, 덧없다'고 생각한다. 실은 그런 것이 아니다. 모양이 '없다-있다' '하지 않는다-한다' '쓸데없다-있다' 이런 식으로 정의를 내릴 수 있는 범위 것이 아니기 때문이다. 언어로 드러낼 수 없는 영역이 있기 때문이다.

마음은 현재에 이르지 못한 미래의 마음을 심(心)이라 하고, 이미 없어진 과거의 마음을 의(意), 잠시도 머물지 않는 현재의 마음은 의식(意識)이라 한다. 이렇듯 심(心), 곧 마음은 하나가 아니라 여러 가지로 드러난다. 곧 이러한 것을 두고 마음은 일정한 모습이 없다고 한다. 마음은 일정한 모습이 없기 때문이다. 어떤 생각이라는 것을 모양이라고 한다면 그 모양은 고정되어 있지 않다. 모든 것은 변한다.

머무름

민들레 씨앗이 날아다니다 볕 잘 드는 길가에 떨어졌다. 얼마 후 싹을 틔우더니 노랗게 꽃을 피웠다. 꼬마 아이가 '아이, 이뻐라!' 미소 지으며 지나간다. 며칠 후 노인 일자리 일하던 할머니가 '요것이 징그럽게 여기도 피었네.' 잡초 보듯이 보면서 뽑아버린다. 민들레 씨앗은 가만히 머물러 있을 뿐인데 누

〈진도 씻김굿〉 공연 중 '씻김' ⓒ국립남도국악원

구의 눈에는 꽃이고, 누구의 눈에는 잡초로 보인다.

'나'도 마찬가지다. 나는 살기 위해 사는 것인데 누구의 눈에는 좋게도 보이지만 누구의 눈에는 나쁘게 보일 수 있다. 나쁜 생각, 나쁜 말들이 있을 수 있으니 상처받지 않으면 된다. 모든 존재가 다 민들레를 좋아할 수 없다는 것을 알면 된다.

존재하며 머무는 모든 것은 무수히 많은 무엇인가도 함께 생긴다. 생겨나는 것은 이렇다 저렇다 분별의 씨앗이 가지고 있다.

천 가지 만 가지 생각

고요한 바다에 바람이 오고 가면서 파도가 생긴다. 파도가 바다의 본모습이 아니다. 생겼다가 없어지며 가고 옴이 있기 때문에 제대로 사물의 제대로 된 모습을 보지 못할 뿐이다. 진리에는 옳고 그름이 있을 수 없다. 만약 옳고 그름이 있다면 바로 여러 가지 쓸데없는 생각이 일어날 것이다.

바람이 오고 가면서 물결이 일 듯이 생각에도 오고 감이 있어 수천 가지, 수만 가지 생각이 일어난다. 천 가지, 만 가지 생각은 도리에 도움이 되지 않을 뿐만 아니라, 마음을 헛되이 움직이게 하여 어지럽게 할 뿐이다.

그릇된 생각 - 생김

그릇된 생각은 처음부터 생기지 않는다. 본래 맑은 마음은 허망하게 분별하는 마음을 여의었다는 것을 알면 가라앉혀야 할 허망한 마음이 없다. 본래 맑은 마음은 나눔도 없고 구별도 없어 주관의 앞에 나타나는 객관적 대상의 모습도 생기지 않는다. 가라앉혀야 할 것이 전혀 생기지 않으면 가라앉힐 것이 없게 된다. 그렇다고 해서 가라앉힐 것이 없는 것도 아니다. 왜냐하면 진실한 가라앉힘은 가라앉힐 것이 없다는 생각도 가라앉혀야 하기 때문이다.

생겨나는 것은 인연들이 모여들어 생겼다가 흩어지면서 사라져간다.

바람이 모여 파도가 되었다가 바람이 흩어지면 다시 잠잠한 물결이 되듯이.

사라짐

텅 비어 고요한 마음은 무엇을 집착하고 무엇을 버릴까? 어떠한 마음 작용도 일으키지 않는 마음은 아무것도 집착하지 않고 아무것도 버리지 않는다. 분별을 일으키지 않는 대상에 머물러야 하며, 인연이 모이면 생기고 흩어지면 사라지는 것에

146

머무르지 않는다. 생기지도 않는데 사라지는 것에 마음에 두지 말아야 한다. 마음에는 처음부터 '생김'과 '없어짐'이 없다. 그저 고요할 뿐이다.

고요한 바다에 물결이 헐떡이듯이 잠잠하던 마음에 다가오는 모든 인연과 내 속에 잠재해 있던 감각들이 꿈틀대며 헐떡인다.

누군가가 생겨나는 일도 없어지는 일도 없다는 생각을 일으키면 생김과 없어짐이 함께 일어난다. 따라서 우주 만물이 생겨난다는 생각과 없어진다는 생각이 함께 없어져야 한다. 그래야만 이 세상에 존재하는 온갖 사물을 존재하게 하는 그 본래의 '생겨남'이 있다는 생각이 일어나지 않게 되고 마음은 늘 텅 비어 지극히 고요해지게 된다.

마음이 텅 비어 고요해진다는 것은 어느 것에도, 어느 곳에도 집착하지 않는 것이다. 이렇게 마음이 어디에도 머물지 않아야만 진실로 생겨나지도 없어지지도 않게 된다.

겉에 매달려서

진리는 말이나 생각으로 나타낼 수 있는 모든 형상을 여의었음을 관찰한다는 말이다. 온 우주에 존재하는 모든 사물에 진실한 모습이 있다고 보는 것은 착각이다. 여러 가지 현실 상황과 조건에 따라 밖으로 보이는 모습이 달라질 뿐이다. 달라지는 모습이 이미 진실한 속성을 가지고 있다. 이것을 두고 본바탕은 허공처럼 텅 비어서 일정한 형상이 없다고 하며, 이렇게 일정한 형상이 없다고 알면 겉모습에 집착하지 않게 될 것이다. 그래서 잘 관찰해야 한다.

법

관찰하여 알게 되는 진리를 법(法)이라 한다. 보이고 알려지는 진리, 관찰해야 할 진리를 말한다. 모든 존재와 일어나는 일들의 본바탕은 있는 그대로의 참모습에서 시작되고, 참모습이 어떤 인연을 만나 밖으로 나오게 된다. 그 모습을 우리는 매일 보고, 겪고 있다. 이것을 좋다, 나쁘다, 작다, 크다, 싫다, 아름답다 등 말로 표현하는 것이다. 이렇게 말로 표현된 것은 '겉'이다.

겉에 얽매임

본바탕인 진리를 만나기 위해서는 겉에 매달려서는 안 된다. 겉에 매달릴수록 어렵고, 괴롭고, 힘들다. 참모습을 바르게 관(觀)하여 깨닫게 된다면 이렇다 저렇다 말들이 다 걷힌다. 그리고 남게 되는 모습에는 차별을 떠나게 된다. 그러고 나면 밝음이 다가온다. 밝음은 곧 행복하고, 즐겁고, 뿌듯한 감정이다. 차별적인 모습을 떠나 깨닫는 이익을 얻는 것이다.

겉을 걷어내면 만나지는 마음은 한마음이다.

몸과 마음은 잠시 모여 생기는 것뿐이다. 이러한 몸과 마음은 놔 버릴 수 없는 것에 집착한다. 돈, 명예, 이름 등등 모두가 잠시 인연 따라 모여 있는 것뿐이다. 인연이 다하면 흩어질 것들이다. 그런데도 놓질 못한다. 이러한 것들이 집착의 원인이 된다. 곧 자기의 몸과 마음 가운데에 사물을 주재하는, 늘 있어 없어지지 않는 실체가 있다고 믿어 집착해 마음의 병으로 이어진다.

또 보이는 현상이 원인이 되는 집착이 있다. 우리가 보는 빛깔, 모양, 형상, 소리, 냄새, 맛, 촉감 등이 참된 마음을 가리는 경우다. 좋은 옷, 좋은 가방으로 맑고 참된 마음을 덮어 버리는 것이다. 간혹 노끈을 뱀이라고 잘못 보는 것으로 헛되게 마음을 쓴다는 것이다. 사물은 있는 그대로 있는데 주관적인 내 생각으로 잘못 알고 고집하는 것이다.

두 가지 집착은 다스릴 수 있다. 첫째는 다른 이치에 견주어 고치는 것이고, 둘째는 그릇된 생각을 물리쳐 다스리는 것이다.

집착을 고치는 방법

집착의 병을 고치는 방법은 먼저 종합적으로 생각하게 하고, 나중에는 개별적으로 생각하게 하는 것이다.

종합적인 것은 모든 존재가 어떤 원인과 조건에 따라 생겨나고 없어지는 것을 관찰하게 하여 '만든 자가 반드시 있다'는 생각을 정리해야 한다. 바람이 있으므로 태풍이 있고, 땅이 있으므로 산이 있다는 것과 같다. 땅이 없으면 산도 없다. 바람이 없으면 태풍이 없다. 태풍을 만든 자가 반드시 있는 게 아니다. 어떤 원인과 조건에 따라서 태풍이 생기고, 산이 생기는 것이다. 마음도 같다. 마음이 있으니 마음을 따라다니는 인식 대상이 있는 것이다.

몸과 마음에 '참된 나'가 있다는 그릇된 생각도 만든 자가 반드시 있고, 변함없이 늘 그대로 있는 '올바른, 절대적인' 주체가 존재가 있다는 것이 생각의 바탕에 깔려 있는 것이다. 이 집착의 바탕이 없어지면 그 바탕을 근거로 생겨난 것들이 따라서 없어진다. 집착의 근본은 열두 가지 구성 요소의 인과 관계다. 인과 관계가 생기는 것은 마음의 작용에 따라 일어난다. 그림을 그릴 때 하얀 도화지가 바탕이 되듯이, 모든 것에는 마음이 도화지가 되기 때문이다. 원인도 마음이고 결과도 마음에 따라 불행과 행복이 따라온다.

하지만 그 마음은 실체가 없다. 다른 존재와 마찬가지로 잠시 원인과 조건이 임시로 모여 생긴 것이고 또 흩어질 것이다. 모든 것은 그렇게 변한다. 변하면서 흘러가는 것이다. 정해져 있는 것이 없다.

마음은 생기고 없어지는 게 아니다

마음 병의 가장 큰 원인은 잘못된 생각이다. 그렇다면 잘못된 생각을 어떻게 없앨 수 있을까. 앞에서 우주 만물은 생긴다거나 없어진다는 두 가지 아주 잘못된 생각을 깨뜨려 버려 없어지게 했다. 우주에 존재하는 모든 사물은 늘 변하지 않는다고 집착하거나 모든 사물은 사실은 존재하지 않는다고 고집하는 두 가지 옳지 못한 생각을 완전히 부수어 없앤다.

마음의 진리를 밝게 살피고 몸으로 이를 실천하고자 하는 사람이 이 우주에 존재하는 모든 사물이 생겨난 것이라고 이해할 경우 어떤 생각이 없어지는가.

어느 사물이 생겨났다고 이해하는 것은 현실적으로 존재하는 모든 사물은 여러 가지 원인과 조건에 의하여 생겨난 것이라는 진리를 있는 그대로 바로 깨달을 때를 말한다. 이때는 '아무것도 없다'는 것에 집착하는 생각, 다시 말하면 도리를 이해하지 못하여 잘못 알고 모든 사물의 존재성을 부인하는 허무

사상이 떨어져 나간다. 그래서 모든 사물은 실제로 아예 없다고 고집하는 옳지 못한 생각이 없어지게 된다.

마음이란 것은 토끼의 뿔처럼 말만 무성할 뿐 실제로 존재하지 않는다. 토끼 뿔은 없는데도 있다고 여기는 잘못된 집착을 빗대어 표현한 말이다. '마음의 본성은 생길 수 있다, 생기기 쉽다, 마음은 본질적으로 생기게 되어 있다, 생길 수밖에 없다'라고 하는 생각은 쉽게 없앨 수 있는 것도 아니다. 하지만 마음은 생기고 없어짐이 없다. 그렇기 때문에 '없어짐'이 있다고 생각하는 것은 이치에 맞지 않는다. 이렇게 생각한다면 그의 생각은 진실에 근접한 것이다.

한마음, 일심(一心)

겉을 걷어내면 마음은 맑고 깨끗한 한마음이다. 깨달음은 이러한 본성을 깨닫는 것이다. 깨달음은 누구에게나 있는 맑고 깨끗한 마음이다.

살면서 먼지처럼 번뇌를 뒤집어쓴다. 번뇌를 걷어내면 맑고 깨끗한 마음이 한없이 깊은 바다처럼 흐르고 있다. 이러한 깨달음은 이해하기 어렵다. 뜻이 깊기 때문이다. 깨달음의 문을 열고 들어가기는 더 어렵다. 그 바탕이 너무 깊기 때문이다.

뱀과 노끈

잘못된 생각, 착각은 여러 조건에 따라 생기는 실제로 드러나는 현상이다. 예를 들면 노끈을 보고 뱀이라고 착각하는 경우다. 이 세상 존재하는 모든 사물은 마음과 관계없이 어떤 조건에 따라 생기는 것이다. 이렇게 조건에 따라 생기는 것은 그 본바탕이 없다. 마치 노끈의 본바탕이 없다는 생무성(生無性) 그리고 모든 존재의 본바탕이라고 하나 사실 그 원은 있다고 할 수도 없고 없다고 할 수도 없는 것이 마치 삼 가운데는 뱀과 노끈의 모습이 없는 것과 같다.

그 이유는 이렇다. 진리는 말이나 문자 생각으로 그 모습을 표현할 수 없다는 무상(無相)과 진리는 생기거나 없어지거나 하는 것이 아니라는 무생(無生)이 합하여 극단적으로 없음에 치우친 견해가 되고 버려야 할 모습과 생멸을 똑같이 있음에 치우친 견해이기 때문이다.

이 두 가지 관에는 다 심사(尋伺), 곧 구하고 원한다는지 이것저것을 생각하고 고찰함이 있지만 인연에 의해 만들어진 모든 존재는 본바탕이 없다는 것을 부인하면 그 심사도 없어지는 까닭이다. 여럿으로 쪼개어 나누거나 합하는 데 다 도리가 있기 때문이다. 이것이 방편관(方便觀)에 대한 설명이다.

다음은 어리석음을 여의고 존재를 바르게 보는 것을 밝힌다.

아무것도 만들어 내지 않는 마음은 어리석음과 온갖 괴로운 번 뇌를 끊어버리고 다시는 인식의 대상을 거짓으로 마음속에 그 려 내지 않는다. 이것이 진리를 바르게 보는 법이다.

그러면 어떻게 어리석음을 벗어던지고 바르게 볼 것인가.

떠나보내는 두 가지

떠나는 것에도 두 가지가 있다. 하나는 견리(遣離)고, 또 하 나는 민리(泯離)다.[38] 말 그대로 견리는 떼어 놓는 것이다. 원래 자리로 떠나보내는 것이다. 민리는 아예 깨끗이 없애 버리는 것이다. 즉 '나'라는 마음과 '나' 사이가 실제로 있다는 잘못된 생각을 모두 버리는 것이다.

쉽게 예를 들면, 사탕을 지나치게 좋아하는 한 아이가 있다. 사탕을 너무 많이 먹으면 결코 좋지 않다. 아이가 사탕을 멀리 하는 방법이 두 가지 있다. 하나는 차라리 사탕을 달라는 대로 주어서 빨리 싫증을 내게 하여 사탕이란 단어를 머릿속에서 끊 어내는 방법이 견리다. 민리의 방법은 아이에게 단것만 먹으면 건강에 좋지 않으며, 사탕을 먹지 않았을 때 어떤 좋은 점이 있 는지 스스로 알게 하여 찾지 않게 하는 것이다.

---

38 원효, 조용길 외 옮김, 『금강삼매경론(상)』, 위의 책, 137쪽.

견리는 잘못된 생각을 끊어 버리게 하는 것이다. 민리는 대상의 차별적인 모습은 모두 실재하는 것이 아니고 어떤 원인과 조건이 화합하여 생긴 것이므로 본래 그 본바탕이 모두 비어 있다고 아는 것이다.

즉, '좋다-나쁘다' '달다-쓰다' 이런 생각도 원인과 조건에 따라서 생기는 것이므로 아예 좋은 것, 나쁜 것이라는 생각을 없애 버리는 것이다. 마음속에 떠오르는 모든 차별이 다 걷히면 '텅 비어 있음'만 남게 된다. 마음과 나라는 것은 모두 본래 그 본바탕이 텅 비어 고요한 것과 같다. 마치 흙탕물이 가라앉으면 맑은 물만 남는 것과 같다.

무엇을 '마음'과 '나'라고 하는가?

사람 몸에 항상 변함없이 한결같은 실체로서의 자아가 있다고 고집하는 것이 바로 '나'다. 마음은 모든 사물은 참으로 존재한다고 생각하는 것이다.

진리를 깨닫지 못한 상태에서는 참으로 존재한다고 생각하는 것을 마음이라고 한다. 이 상태의 마음은 사실 모든 사물이 의지하며 지배한다. 다시 말하면 모든 사물은 범부의 인식에 따라서 그 모습이 분명히 존재한다고 인정된다는 말이다. 항상 변함없이 한결같은 실체로서의 자아가 있다고 생각하는 사람의 몸이나 참으로 존재한다고 생각하는 모든 사물이 다 본래 있는 것이 아니라 어떤 원인과 조건이 화합해 생긴 것이어서 사실 실체가 없다. 텅 비어 있는 것임을 깨달으면 지금까지 인식해 온 대상의 모습이 생겨나지 않게 된다. 따라서 버림과 끊음이 한꺼번에 이루어진다.

버림과 끊음

인식의 주체를 떠남에도 두 가지가 있다. 하나는 근본적으로 떠나 있다는 것이요, 다른 하나는 본래 떠나 있음을 확인하는 것이다.

근본적으로 떠나 있다는 것이란 마음이라든지 나라든지 하는 것은 본래 텅 비어 있는 것임을 깨달았다면 그것이 곧 깨달음 그 자체이며 본디 맑은 마음으로서 본바탕이 비어 어떤 모습도 없으며 생기거나 없어지는 일이 없는 지극히 고요한 마음을 깨닫게 된다는 말이다.

이렇게 본바탕이 비어 어떤 모습도 없으며 생기거나 없어지지도 않는 지극히 고요한 마음은 본래 어떤 것도 인식하지 않으며 본래 어떤 것도 인식하지 않기 때문에 본래 실체가 없는 것을 현재 있는 것처럼 거짓으로 만들어 내지 않는다.

또 하나는 차별을 없이하여 끊어버리는 모습은 처음부터 그

것이 생겨나온 근거가 없다 처음 생겨나온 자리가 없기 때문에 마음은 텅 비고 고요하여 아무것도 만들어 내지 않는다. 마음이 아무것도 만들어 내지 않으면 텅 비어 고요함에 들어간다. 모든 것이 텅 비어 고요한 그 마음의 바탕에서 그 마음의 성품이 허공처럼 끝없이 넓고 커서 모든 사물 현상을 포함하고 있다는 것을 깨닫게 된다.

마음에 숨어 있는 불[火]

마음은 불과 같다. 불이 처음 어떻게 생겼는지 근거를 알 수 없다. 나무을 예로 들자면 나무 속에는 불이 없다. 하지만 불의 성질이 숨어 있다. 그 이유는 불의 본성이 결정되어 있기 때문이다. '불'이라는 글자만 있을 뿐이다.

마음도 마찬가지다. 세상에는 하나하나 셀 수 없는 바닷가 모래알과 같이 수많은 사물을 만나고 현상을 겪는다. 그 속에서 마음을 찾으려 해도 마음은 존재하지 않는다. 나무 속에 불은 찾을 수 없다 할지라도 활활 타오르는 불의 성질이 정말로 없다고 할 수 없다. 불이 생길 수 있는 인연을 만나면 불이 된다. 성냥불을 붙이면 딱딱한 나무에서 불이 생겨난다. 불이 숨어 있는 것이다.

편안한 마음도 이와 같다. 삶아가면서 만나는 모든 현상을 아무리 이렇다 저렇다 분석해 본들 마음이 존재하는 모습은 찾을 수 없다.

나무에 불이 숨어 있듯이 '맑은 마음'이라는 본성은 숨어 있다. 생겼다 없어지고, 가고 오는 것으로 생겨난 모든 생각과 마음속에 숨어 있다. 마치 순금을 녹여서 만든 금반지는 금을 본질로 하는 것과 같다. 금을 녹여서 망치로 두드리고 다듬어서 아름다운 반지로 쓸 수 있는 것과 같다.

멈춤과 가라앉힘

장마 때 비가 오면 시냇물은 온통 누런 흙탕물이다. 처음부터 시냇물에 흘러가는 물은 흙탕물은 아니었다. 흙탕물도 흘러가다 보면 흙이 가라앉고 모래도 가라앉는다.

흙탕물과 같은 잘못된 생각은 처음부터 생기지 않는다. 잘못된 생각은 쉴 사이 없이 일어난다. 일어나서 시냇물이 흘러가듯 멈추지 않고 계속 일어난다. 그만 멈추게 할 필요도 있다.

허망한 마음은 고약한 냄새를 실어 나르는 연기와도 같다. 이리저리 연기처럼 흩어진다. 고약한 냄새를 사방에 퍼뜨려서 가라앉혀야 한다. 허망한 마음은 흙탕물이 시냇물을 온통 뿌옇게 흐리는 것처럼 마음을 흐리게 한다. 아무것도 보이지 않게 가려버린다. 그래서 가라앉혀야 한다. 진실한 가라앉힘은 '가라앉힐' 것도 없다는 생각까지도 가라앉힌다.

본래 맑은 물은 가라앉혀야 할 것이 없다. 가라앉힐 것이 없다는 생각까지 가라앉힌다. 이것은 이렇다. 저렇다 하는 주관에 따라 일어나는 사물에 대한 생각까지 생기지 않는다. 가라앉힐 것이 없는 데에 머물지 않고 머무름이 없는데 머무르지 않는다. 텅 빈 고요다.

나는 너에게로 흐른다

내 마음속을 흐리게 하던 흙탕물이 가라앉으면 보이지 않던 게 잘 보인다. 뿌옇게 가리고 있어 잘 보이지 않던 게 잘 보인다. 밤하늘 총총히 반짝이는 별들이 보이고, 길가에 핀 보이지 않던 들꽃이 보인다. 매일 지나다녀도 보이지 않던 것들이 눈에 들어오기 시작한다. 잘 보이지 않던 '너'가 잘 보인다. 매일 아침 현관문을 나가는 무거운 당신 어깨가 보인다. 부엌에서 도마 앞에서 쉬지도 않는 당신 손이 보인다. 하루도 빠지지 않고 아파트 쌓인 쓰레기를 열심히 분리수거하는 손길이 보인다.

파란 하늘 날아가는 까마귀가 울음소리가 들린다.

세상은 왜 이리 아름다운가. 모두가 반짝반짝 빛나는 맑은 물길로 이어져 흘러가는 샛강과 같다. 언젠가는 흐르고 흘러 파란 물결 출렁이는 바다에서 만날 샛강이다.

흐르다 또다시 흙탕물을 만나게 된다 해도 때가 되면 걸러지기도 하고, 걸러지지 못한다 해도 더 맑고 큰 강을 만나면 어느새 맑은 물이 되어 씻겨 있다. 네가 나에게 흐르고 있기 때문이다. 서로에게 흐르고 흘러가는 것이다.

씻김의 색

청(青)

파란

파란 물결 두 손 모아 오롯이 솟은 섬,
바람이 머문 푸름은 흐르는 듯 흐르지 않게
부는데 바람 따라가다 보니
두 손에 담긴 바람
그곳에
하늘빛이 스민다

오랜 시간 지켜내려 온 땅의 이름
그 인연에 두 손 모아 빌고 빌어
다시 태어나게 해 준 땅의 이름 파란빛이 바람 되어 흐르고
나는 그녀 품속으로 들어간다.

하늘

가만히 누워 하늘을 본다
하얀 구름 발 없이 잘도 간다
어느새 양 떼가 된다

파란 하늘에 하얀 양 떼
잠시 양치기기 되어
내 인생 어떡하다
여기까지 흘러왔나

생각이 흘러간다
구름이 흘러간다

바다

구름 한 점 없는 파란 하늘
망망대해 인생길
나는 홀로 떠 있는
나룻배

파란빛 넋이 되어 스며
든 이 몸
어디로 가고 있는가.
속에 스민 푸른빛 등대 되어
밝혀주리니

바람 한 줌 불어 물결이 되고
물결 출렁이고 갈매기 날갯짓
이래나저래나 바위 묵묵히 바라보며
흘러가는 물결 받아주고 보내주니
바위 한결같이 있어 줄 뿐이네

돌이켜 보니

하늘과 바다가 있다 한들 이 세상 만물 중에 사람보다
높은 것이 어디 있을까.
아버지 뼈를 타고 어머니 살을 타고
칠성님께 빌고 빌어 이 몸 태어났어도
젊었을 땐 철이 없어 부모 고마움을 몰랐으니
이렇게 나이 들고 보니 애달프고 애달프다
세월을 무정하여 이미 머리 희끗하니
다시 젊어지지 못하여 절통하고 애달픈들 어찌 하랴

적(赤)

너와 나의 인연이 만나
가슴은 붉었고
또 붉었다.

붉은 동백이 피었다.
여린 한 잎 한 잎이
서로를 껴안아
매서운 겨울바람에도
얼지 않고 피었다.

붉게 번지고 있는 저녁 하늘
구름과 구름이 서로를 안아
동백 꽃잎 붉듯 나의 살아온
인생은 붉게 물들어 가는
저녁노을

해 돋고 달도 뜨던 은행나무 아래 까만 그림자 둘이 걸어간다.
소쩍 소쩍 새소리를 듣더니 뒤에 오던 그림자가 새에게 묻는다.
너는 왜 그리 슬피 우느냐.
다 죽은 고목 나무에 파랗게 새순이 돋아서 슬프냐
이꽃 저꽃 꽃이 피니 서러워 우느냐.

나도 울고 싶구나. 죽은 나무에 새순이 돋아나고
울긋불긋 저 이쁜 꽃도 봄이 되면 피는데
이 내 몸은 다시는 젊어지기 힘드니 슬프고 슬프다.

나는 젊었다.
손에 쥔 돈 없어도 밤새 기울이던 술잔에
세상일 마음대로 되지 않는 일
후련히 신세 한탄하고 나면
먹먹하던 가슴엔 작은 불씨 죽지 않고 있어
모든 것이 잘될 것 같은 예감에 다시 심장이 뛰기도 했다.

눈 뜨면 아침이고 어둑한 밤이 되어

하루살이처럼 반복된 삶 속에
누가 있어 이 속을 들어봐 줄까.
길가에 나가면 오가는 사람 많다 해도
누가 있어 이 외로움에 귀 기울여 줄까.

그래도 내 안에 꺼지지 않는 작은 불씨 있어
이 한 몸 바지런히 움직여 작은 외딴 배처럼
노 저어 여기까지 흘러왔다
무엇을 얻었으며 무엇을 잃었는가

사는 게 얻은 게 있으면 잃는 것도 있는 법

그저 이 가슴에 붉은 불씨 꺼지지 않게

잘 지키며 넘어져도 다시 일어나서

배고픈 이 만나 몇 번이나 밥을 사주었는가

외로운 이 만나 진심으로 몇 번이나 귀 기울이며 들어주었는가

목마른 이 시원한 물을 몇 번이나 건네주었는가

병들고 아픈 이 따뜻한 말로 몇 번이나 위로해 주었는가

부족해도 진심으로 건넨 마음 주었으면 된 것이고

오두막집이라도 마음 편히 쉴 수 있는

집이 있으면 된 것이지 그러면 된 것이지

그러면 된 것이지

그러면 내 젊음은 붉디 붉은게다.

이슬비는 부실부실 굵은 비는 담상담상

여기도 좋고 저기도 좋아

어기야여허 여리히여라

어디를 갔다 때를 찾아 다시 오는데

우리 인생 한 번 가면 다시 올 줄 모르니

어기야여허 여리히하여라.

황(黃)

노랑

동쪽에 소나무 향해
청용을 정하시고
서쪽에 붉은 해
떨어지는 곳에
붉은용을 정하시고
북쪽에 북두칠성
뜨는 곳에
검은용을 정하시고
가운데 고운 황톳빛 흙에
황용을 정하실 때

삼도네거리 허가 중천
이 정성 나서자고
불쌍하신 망자씨
보시옵고
이 정성을 나서자고
기우정성 드리오니
설워말고 오시소서

진도아리랑

산에 지는 해는 지고 싶어 지느냐.
날 두고 가신 임은 가고 싶어 가느냐.
아리아리랑 스리스리랑 아라리가 났네.
아리랑 응응응 아리라가 났네.
문경새재는 웬 고갠고
구부야 구부구부가 눈물이로구나.
저 강에 뜬 작은 배 바람 힘으로 가고
가겟집 유성기는 기계 힘으로 돈다
아리아리랑 스리스리랑 아라리가 났네.
아리랑 응응응 아리라가 났네.
춥냐 덥냐 내 품 안으로 들어라
베개가 높으면 내 팔을 베고
아리아리랑 스리스리랑 아라리가 났네

구분길

구불거리는 길 뱀 허리를 닮아 구불구불
술 취한 순이네 아버지 넘어지지도 않고
잘도 걸어간다 어두운 밤길 달빛 훤하게 비춰주니
비틀비틀 잘도 걸어간다

구분길 저 길 몇 해를 걸었는가
펴지지도 않는 넘니 허리 닮은 저 길
저 길 따라 내 등도 휘어간다

휘어지다 휘어지다 고꾸러져 아예 땅속으로
결국 한 줌 흙으로 돌아갈 길 자꾸만
똑바로 펴지지도 않는 저 구분길이 말을 건다
털털털 달리던 차갑고 무겁기만 한 트럭에 짓눌려
이 허리 두 동강 날까 겁이 났는데
자분자분 밟아주던 자네 발길
터벅터벅 밟아주던 자네 발길 끝에서
따뜻한 온기 주어서 고맙네.

태어나 흙을 벗어나서 산 적이 있을까
이 두 발로 디딜 수 있는 흙이 있었으니
이제껏 구부러지지 않고 잘 버티며 살 수 있게
발아래 버팀목이 되어 준
흙이 아닌가 땅이 아닌가.

* * *

그리운 마음 씨앗 하나
웃음 짓던 마음 씨앗 하나
외로움에 떨던 마음 씨앗 하나
이것이 될까 말까 불안에 떨던 마음 씨앗 하나
이 모든 마음 흙 되어 밭이 되었네
넓은 마음 밭

대문 밖 나서면 길 아닌 곳 있을까
얼기설기 얽혀 있는 길이 있어
만남이 찾아오고 이별도 떠나간다.

길 위에 흘린 눈물 얼마이며
내 외로움 얼마인가

산다는 것이 뱀처럼 휘어진 저 길 따라
가다 보면 굽이굽이 구부러진 길도 만나고
평평한 걷기 좋은 길도 만나고
샛강도 만나고
넓은 바다까지 이르는 것이겠지.
산다는 것이 길 따라 인연 따라
가는 것이다.

백(白)

너를 만나 붉었던 나

하얀 눈물 남겨두고 가네

내 욕심으로 힘들었다면

미안하네

내 거친 말 마음에 상처를 주었다면

용서하게

내 고집이 짐이 되었다면

미안하네

난 그저 살면서 누구를 힘들게

하고 싶지 않았네

힘들게 했다면 내가 무엇을 잘 몰랐을 뿐이니

부디 이해하게.

* * *

하얀 눈이 내린다

길 위에 흰 눈이 쌓이더니

하얀 무명천으로 덮어 놓은 듯하다

산은 첩첩으로 솟아 있는 어두운 밤

두견새가 어둠 속에서 운다

나뭇가지마다 울어대는데

골짜기 물은 골골이 흘러내리네

분명 엊그제까지 까만 머리 날리는

청춘이었는데 오늘 보니 하얀 백발 되어

서 있는 저 사람이 분명 나이던가.

흰 눈으로 덮인 까만 세월의 길

얼룩덜룩 먼지 낀 세월 때

하얗게 길 닦아주네

사람 목숨은 삼천갑자 동방삭

복은 있는 복 다 찾아 주시옵고

일 년 열두 달 365일 번개같이 넘어가도

사람 입으로 짓는 구설 없게 하시고

관재 시비 휘말리지 않게 하시고

동서남북 만사 다 뚫려 소원 이루게 해 주시옵소서

뜻이 있는 사람 점지하고 뜻있는 마음 점지하여

나쁜 손길 묶으시고 악한 발길 거두어

모든 뜻 다 풀어지게 한뜻 한마음으로

빕니다.

** * *

세상에 빛이 있어 밝힌다지만

깨끗한 사람 마음만큼 밝게 비추는 것이 있을까

흑(黑)

다시 왔던 곳으로 되돌아간다

까만 어둠

모든 것이 스민다

너와 나

사랑했고 사랑하였으므로

미워도 했던 마음

모두 다 빨아들인다

다시 처음 왔던 그곳

까만 어둠 속에 쟁여 있다

너를 품고 나를 품어

고요 속에 눈을 감는다

어. 둡. 게.

잠.

＊ ＊ ＊

우리같은 초로인생

한번아차 죽어지면

죽진장포 일곱마디
질끈 묶어

뒷동산 대뜰위에
덩시렇게 올려메고
북망산을 향할 적에
산토로 집을 짓고
대나무로 울타리 만들어
산은 첩첩 까만 어둠 깊은데
처량한 건 넋이더라

* * *

한번 아차 가시게 되면
소식도 끊고
가웃가웃 해 저문 날에
망초풀 처량하구나
넋이야 넋이로구나

이 넋이 뉘넋이런가

아무 간에 지어내던

황소힘 쓰던 망자씨

넋이던가

무(無)

삶이 아름다운 건 없음이 없음으로 끝나지 않는다는 것이다.
때로는 없다가도 있고, 있다가도 없어지는
모르겠다가도 알게 되고, 알았다고 생각하다가도 모르는 일들이
많다는 것이다. 끊임없이 변하고 또 변한다는 것이다.
마치 하얀 눈과 같다.

하늘에서 눈이 내린다
소복소복 하얗게 쌓이더니
이불이 되었다
까만 어둠에 보이지 않던 길
환하다
달빛이 밝은가 했더니
하얀 눈은 빛을 품고 있는가
보이는 것은 모두가 변한다
그래서 아름답다
눈은 이불이 되고
이불은 빛이 되니

정안수

새벽별 반짝이더니 한 방울 두 방울
잎새 이슬 맺힌 방울
한 방울 두 방울
맑은 물 고였다

사람이란 게 어딜 가나
먼지를 만드는지
마음속 달라붙은 먼지
이 물 한 그릇으로
맑게 맑혀주소서.

향

사르르 향이 춤춘다
향이 코끝에 머무른다
콧속을 타고 내 안에 머물렀던 너
날아가지도 않던
불면으로 밤을 지새우던 너
잔향으로 남아 잠재우리라

나.

지전

하얀 종이가 날개처럼 펄럭인다
스르르 사르르 흔들리는 소리
댓잎이 바람에 흔들리듯
가슴에 스르르 밀려든다

이 돈이 무슨 돈인가.
이 돈 손에 쥐자고 이 속을 아프게 했던 돈 아닌가.
살면서 이 몸 얽어매어두던 돈 아닌가
스르르 나의 영혼을 흔들어 깨운다
한 뭉치 돈인들 무슨 소용이랴
받아 줄 사람 옆에 없는데
있을 때 잘할 것을.

이슬털기

지난날들이 한 방울 두 방울
이슬 되어 맺혔다
톡,
타들어 가고 메말라 가던
심장에 한 방울 번진다
시원하다
적셔라
원하고 원했어도 얻지 못했던
지난날들의 기억
보내고 보내려 했어도 떠나지 못한
가슴 속 사랑
풀어도 풀지 못했던 지난 엉킴
이 한 방울 번져 물들이라
영롱한 물방울로 맺혀

질베

하얀 길
이 세상 눈꽃으로 태어났던가
태어나 이 길로 왔던가
갈 때도 하얀 눈송이 되어 사라지려는가
하얀 눈길 되어 펼쳐져 있구나

반야용선

주홍빛으로 물든 저녁 하늘
배가 하나 떠 있다
하얀 질베길 가르며
둥실둥실 떠간다
촛불 들고 어둠 밝히며
둥실둥실 떠간다

씻김의 마음

맞이하는 마음

안으로 돌아 들어오라
나이 사십오, 오십둘
오른쪽 돌아서, 왼쪽으로 돌아서
바다에 낚싯대 던져 숭어 잡던 그대

천 리 길 오실 적에 명주머니 목에 걸고
자손복 품에 안고 복주머니 손에 들고
배 날 듯이 실 날 듯이 청자 받아 오실 적에
진지 가득 차린 저녁 밥상으로 맞이하니
어서 오시옵소사

머무는 마음

새왕산 봄바람은
맑은 날 초대를 받아
한양 술을 취하게 드시고
흐늘흐늘 오실 적에
시냇물에 다리를 놓고
오실 적에

이 산도 쉬어 가고
저 산도 쉬어 가고
양우 양산 쉬어갈제
동네 들어 동네 그물
방네 들어 방네 그물
시름시름 쉬어나 갑시다

풀어 주는 마음

서러움이야 서러움이야
젊은 날에 양친 부모 이별하던
서러움인들
오늘 망자같이 서러울까

.

구석구석 웃는 모양
어이없고 서러운지
절통하고 통분하네
할 수 없네 할 수 없소

홍안백발 늙어감은
누가 능히 막을쏘냐

떠나보내는 마음

두둥실 떠나는 배, 이 배에
무엇이 실렸던가
은궤 옥궤 실렸네

저 사자 거동 보소
샛별 같은 봉의 눈은
초상강 물결 같고
쇠사슬을 등에 메고
쇠방망치 손에 들고
천둥같이 달려들어

한 번을 후려치니
정신이 아득하고
두 번을 후려치니
잔맥을 거둬 잡고
세 번을 후려치니
대동맥이 떨어지니
하릴없이 죽게 되네

적삼 벗어 혼백 불러
지붕 위에 던져 놓고
이 늙은이 말을 듣네
저승길이 멀다더니
오늘 내가 당해보니
대문 밖이 저승일세

〈진도 씻김굿〉 공연 중 '희설'. ⓒ국립남도국악원

빌어 주는 마음

나 돌아가네 나 돌아가네
세상 사람들아
살았다고 좋아 말고
죽었다고 설워 마소
나도 어제 살아서는
백년이나 살쟀더니
살면서 때가 있어
씻김 받고 돌아가네
에라 만수야 에라 만수야
부디 좋은 곳으로 가서
새왕극락 가소사

비손

비손은 손길의 언어다. 비손은 간절히 빌어 주는 손이며, 곧 마음이다. 두 손을 모은 합장은 나와 너를 구분 짓지 않고 하나 됨을 드러내 보인다. 곧 내가 네가 되어 헤아릴 준비가 되어 있다는 의미다. 비손은 합장의 의미에 빌어 주는 마음이 보태졌다. 너의 행복을 위해, 너의 아픔을 위해 빌어 주겠다는 마음의 표시이다.

한국은 예부터 '비나이다, 비나이다' 하며 두 손을 모아 간절한 마음을 담아 왔다. 손바닥과 손바닥을 포개어 원을 그리듯 둥그렇게 비비며 빌었다. 모나지 않은 둥근 원은 차별하지 않는 마음과도 같다. 또한 둥그런 원은 우주나 어머니 배 속을 의미한다.

우주 속에 흩어져 있던 인연의 씨앗이 모아져 한 생명이 어머니 배 속에서 자라 이 땅에 태어난다. 비손에는 갓 태어난 아기와 같은 때 묻지 않은 순결하고 깨끗한 마음으로 들어가고자 하는 의미도 담긴 것이다.

간절함을 담은 비손의 소리를 듣기 위해서는 비워야 한다. 비우기 위해서는 채우고 있는 것이 무엇인가를 들여다봐야 한다. 내가 입고 있는 것이 어떤 것인가를 들여다봐야 한다. 경쟁에서 이기기 위해, 얻은 지식과 눈에 보이는 화려한 물질로 휘감겨 있는 것이 지금의 '나'라면 일단 비워야 한다. 비우고 내려놓아야 한다.

비손의 소리는 '나'보다 너, 그대들의 행복을 빌어 주고, 위로해 주는 소리다. 특히 기쁨보다 슬프거나 힘들 때 함께 더욱 위로해 주는 소리다.

죽음의 탄생을 이어가는 삶 속에서

어제와 다른 겨울 오후다. 눈이 펄펄 내리는 풍경 속에서 이 글을 쓴다. 참으로 오랜 시간『더 씻김』에 머물러 있었다. 무엇을 어떻게 담아야 할까. 고심도 컸다. 죽음을 다루는 것이 쉽지 않았기 때문이다.

전통 씻김굿에는 죽은 영혼을 씻겨 좋은 곳으로 보내주는 천도(薦度)의 의미가 있다. 살면서 풀지 못한 고된 한을 풀어 주어 죽어서는 편히 가시라는 것이 천도다.

한국 전통 굿의 의미도 제대로 받아들이기 어려운 시대에 과연 씻김굿이 이해를 넘어 공감을 얻어낼 수 있을까. 한과 죽음을 맞이한 슬픔 사이의 간극을 어떻게 조절해야 할지 긴 시간 고민했다. 이 책에 죽음과 슬픔, 눈물만을 담아내고 싶지 않았다. 씻김굿을 이해하는 시대와 문화, 정서가 다르다 해도 한 가지 믿음이 있었다. 그것은 '마음'이었다. 좋은 마음, 건강한 마음, 이슬처럼 시리도록 맑은 마음을 향한 관심은 누구에게나 있기 때문이다.

한국 문화 속에서 '슬픔'은 마음속에 오랫동안 품고 있다가 시간이 지나면 전혀 다른 정서가 되는 감정이다. 슬픔이 슬픔을 넘어서 긍정의 에너지와 같은 힘이 생긴다. 마치 우유가 발효되면 치즈가 되고, 콩이 발효되면 메주에서 된장이 되는 것과 같은 이치다.

슬픔의 한은 한을 넘어서 즐거움, 밝고 유쾌한 흥으로 변한다. 한과 흥 사이에 필요한 장치가 씻김굿이다. 죽음으로 인한 슬픔을 씻김굿을 통해 손님처럼 맞이해 주고, 슬픔으로 찾아온 이웃들과 함께 놀면서 슬픔을 풀어 간다. 슬픔은 '나' 혼자서 만들어지지 않기 때문이다. 슬픔을 알리고, 밤새도록 웃고, 울고 놀면서 새벽을 맞이한다.

어제의 죽음과 슬픔은 오늘의 새로움과 태어남이 된다.

그렇기에 『더 씻김』은 씻김굿이 펼치는 무가(巫家)에서 행하는 장례 의식으로만 한정해서 접근하지 않았다. 어쩌면 우리는 하루를 보내고 새로운 날을 맞이하는 하루하루를 죽음과 탄생을 이어가는 삶을 살고 있기 때문이다.

작가로서 이 책이 독자들에게 한국 전통문화 씻김굿을 단지 알리는 선에서 그치지 않고, 하루하루 떨어뜨리고 싶은 마음 속 먼지를 씻어내듯 자신의 마음결을 '씻김'할 기회가 되길 바란다. 이 책에 담고 싶은 '씻김'은 마음 세수다. 어제와 다른 오늘의 '나'를 맞이하기 위한 마음의 세수를 하는 시간을 갖는 것이다.

2024년을 행운처럼 맞이했다. 한국의 문화예술을 향한 많은 관심과 사랑으로 이와 같은 책을 출판하고자 뜻을 세우고 마음을 모아 주신 아트레이크 출판사 김종필 대표님께 깊은 존경과 감사의 마음을 전한다. 2021년 국립남도국악원 씻김굿 공연을 직접 관람하러 먼 진도까지 찾아오시고, 한국의 음악과 예술을 알리고자 진심을 다해 애써 주신 덕분에, 『더 씻김』이 세상에 나오게 되었음을 다시 한번 감사드린다.

또한 글을 마무리하기 힘들 때 박경리 토지문화관 입주 작가에 선정되었다. 덕분에 2024년 1월 매지사 창작실에서 이 글을 쓴다. 박경리 선생님 덕으로 이 책을 마무리하게 되는가 싶다.

작품 창작을 위해 작가들에게 많은 배려와 도움을 주신 토지문화재단과 토지문화관 사무국 직원분들께 감사를 표한다. 마지막으로 참고 문헌과 사진을 제공해 주신 국립남도국악원 관

계자분들과 채정례 채록본 이용을 허락해 주신 이숙희 선생님
께도 감사하다는 말씀을 드린다.

2024년 1월
박경리 토지문화관 매지사 창작실에서
채선후

부록

채정례 〈진도 씻김굿〉 채록본

세상에 멋없는 늙은이가 어째서 여기까지 불려왔는가,
마음이 불안합니다. 널리 이해하시고 잘 봐주세요

1. 초가망석

장단 : 진양조

채 :   늙어 늙어 만련주야[1]

　　　 다시 젊기 어려워라

후렴 : 신이로—

　　　 허어 허어어 허이—허

　　　 어 허 어허 어어어 고나

　　　 마야 장천 오날[오늘] 이로고나

　　　 에에에— 에에에—

　　　 허어—허어어— 에헤에 히이야

　　　 하난 시름

　　　 에해에 에해에 이히이요

채 :   은항산 그늘 아래

[1] 사람이 죽으면 끝이 있다
는 뜻.

슬피우난 저 벅궁새[2]야

너는 어이 슬피를 우느냐

죽은 고목이 새 순이 나서

가지 가지 꽃이 피니

마음이 슬펴[슬퍼] 울음을 우느냐

후렴 : 신이로-

어허어 어히- 허-

어어허- 어허어 어허어로구나

마야 장천 오날이로구나

에에에- 에에에-

어 허어어- 어허 히이야

하난 시름 에헤에 에헤에 이히이요

채 :　하늘 천(天) 자(字) 높이를 앉어

따아[땅] 지(地) 자(字)를 굽어를 보니

공자씨(孔子氏) 명자씨[孟子氏]난

책장마다 실렸건만

불쌍하신 금일(今日) 망재[亡者]-

어느 책에가 실리셨소

2 의붓 엄마 밑에서 설움받
고 살다가 죽어 태어난
새?. 보리필 때 우는데, 울
면 목에서 핏덩이가 나온
다고 함.

214

후렴 : 신이로–

　　　어허어 어히– 허–

　　　어 허 어허어 어허어로구나

　　　마야 장천 오날이로구나

　　　에에에– 에에에–

　　　에 헤에에 어허 히이야

　　　하난 시름 에헤에 에헤에 이히이요

장단 : 삼장개비

채 :　　산도–

　　　이 산도–쉬어 가고

　　　저 산도–쉬어 가고

　　　양우(陽紆) 양산(養山) 쉬어갈제³

　　　동네(洞–) 들어 동네 짜망⁴

　　　방네(坊–) 들어 방네 짜망

　　　시름 시름 쉬어나 갑시다

장단 : 풀이살이

　　　공심은 [저러지고]

　　　양우 양산 [후지]더라–

　　　조선(朝鮮)–

3 이 산 저 산 쉬어간다는
　뜻.
4 자망(刺網)? 그물?

조선은 국(國)이옵고

팔만은 사두 세경

세경도 서울이요

한양도 서울이요

개성국도 본 서울은―

집 터 잡어 삼십삼천(三十三天)

나리[내리]굴러 이수팔수[二十八宿]

허궁천[虛空天]⁵ 비비천[非非想處天]

사마[夜摩?] 도리천(忉利天)아―

덕(德)을 세와―

이 댁 마련 하옵실 때

정상도[慶尙道]는 칠십칠관

일흔 일곱골

도주월땅을 잡으시고

전라도(全羅道)는 오십삼관

쉬은[쉰] 세골을 잡으실제―

자시(子時)에 [생]천(生天)하니

하날[하늘] 이 생기시고

축시(丑時)에 생기나니

땅이 생기시고

인시(寅時)에―

5 육욕천(六欲天) 가운데 야마천 이상의 사천(四天) 즉 세간천(世間天), 생천(生天), 정천(淨天), 의천(義天)은 수미산을 떠나 허공 가운데 있으므로 이렇게 이름한다.

태고(太古)라 천황씨(天皇氏)는

일만 팔천(一萬八千) 해[年] 살으실 때

인황(人皇)씨 역강—

일만 팔천 해 살으시고

이수 인간 마련해서

인의예지(仁義禮智) 천년(千年) 윤기(倫紀)

삼강오륜(三綱五倫)—

성자 마련 하옵시고

염제(炎帝) 신농씨(神農氏)[6]

창목에 유수하고

이목[構木]에 인외[爲菓]하야

낭기[나무] 히어[베어] 쟁기 따부[따비]

갖은 연장을 마련해서

인간에 농사법 마련하고

수인씨(燧人氏)[7] 불을 빌어

구인[8] 화식법(火食法) 마련허고

헌원씨(軒轅氏)[9] 배를 무어[만들어]

이제불통(以濟不通)[10]을 허옵실제

동(東)은—

동은 갑을(甲乙) 삼팔목(三八木)을

청룡(靑龍)을 정하시고

6 염제 신농씨는 농업의 신이
자 의약의 신이다. 소의 머
리에 사람의 몸을 가졌으
며, 배 부분이 투명하여 오
장육부가 다 들여다보였다.

7 수인씨는 나무를 마찰하
여 불을 얻어 음식물을 요
리하는 방법을 가르쳐 주
었다고 한다. 복희씨(伏羲
氏)·산농씨(神農氏)와 함
께 3황(三皇)의 한 사람이
다.

8 인간이 밥 먹는 것.

9 황제 헌원씨는 다섯 방위
중 중앙을 다스리는 중앙
상제이다. 원래는 우레의
신이었다. 한나라 때 사마
천 등 역사가에 의해 중국
최고의 신으로 자리매김된
이후로 모든 신들의 계보
는 황제 헌원씨에게서 시
작되었다.

10 오고 가는 것.

남(南)은 병정(丙丁) 이칠환(二七火)데

적룡(赤龍)을 정하시고

서(西)는 무기(戊己) 사구금(四九金)하니

백룡(白龍)을 정하시고

북(北)은 경신(庚申) 일륙수(一六水)

흑룡(黑龍)을 정하시고

중(中)은 임계(壬癸) 오십토(五十土)하니

황룡(黃龍)을 정하실제-

해동(海東)-

해동 대한(大韓) 전라남도

진도군 임회면

*** 지도피고

**** 정주 갑자

씻기시나 해갈시켜[11]

새왕극락 옥경 연화당

수구품 밑으로

일신성불을 시키자고

지극*** ****

육도랄[육도를]- *[하십]네다

부귀 **을 허옵시고

새왕극락을 가옵소사-

11 이 부분에서는 굿 하는 장소와 관련된 사설을 해야 하는데 국악원에서 굿을 하기 때문에 사설을 적당하게 했음.

218

후렴 : 에라 만수 에라 대신

　　　천열이냐 환열이냐

　　　환열청청에 새경각

　　　대활연[大熊然]으로 설설이 나리소사

(청중: 박수)

2. 손굿 쳐올리기

장단 :　대학놀이(엇중모리)

채 :　넋이로세 넋이로세

　　　넋인줄을 몰랐더니

　　　오늘보니 넋이로세

　　　신이로세─

　　　신인줄을 몰랐더니

　　　오늘보니 신이로세

　　　넋일랑은 오시거든

　　　넋당삭에 모셔오고

　　　신일랑은 오시거든

　　　신상에다가 모셔오고

신 넋이 오시거든

[좋은 가마에] 모십시다

이 넋이 오실적에

서울로[小門路] 지끼다가[지키다가]

은장도(銀粧刀) 드는 가세[12]

어거석석 비어내서

넋당삭 몰아올[제]

앞 어두워 오실까봐

연지등(連枝燈) 자래등[자라燈]

초롱등(-籠燈) 불 밝히고

대마전 소마전

당삭맞어 오시더라-

장단 : 흘림

손임에-

손임에 본을받고

손임에 안철[13]받세-

손임에 본일랑은

게[그] 어디가 본이던가

강남 나래[나라] 대별상[14]

손님으 본이더라-

손님으 치레보소

언월두 상투에

진자 갓끈 떡 붙이고

시[細] 누비 장삼에

단홍띠 눌러메고

조선국 나오실제

세납[쇄납] 한 쌍 나발(喇叭) 한 쌍

바래[哱囉] 한 쌍 광쇠 한 쌍

쌍쌍이− 나오더라−

제왕에−

제왕에 본을 받고

제왕에 안철 받세

제왕에 본일랑은

게[그] 어데가[어디가] 본이던가

새천국이 본이던가

이 산 저 산 진국명산(鎭國名山)

나무아미타불

해 돋고 달도 뜬

은행나무 밑이

제왕에 본이더라−

제왕은

인간 마련-

인간 탄생시키며

손임은 뒷을 따라

인간에 인물 당삭

도리 낙점 점을 주고 인물

저깐 하시더라 제왕은

앞을 서고

손임은 뒷을 서

조선국 나오실제

치국 볿아[밟아] 오시더라

첫 번쨔[첫 번째] 치국은

경상도 경주는

짐부대왕[15] 치국이오

두 번쨔 치국은

펭양도[평안도] 펭양산

기자(奇子) 단군(檀君) 치국이오

세 번쨔 치국은

경기도 송악산(松嶽山)

왕건(王建) 태자 치국이오

네 번쨔 치국은

충청도 부여는

15 신라 경순왕(927~935) 김부 대왕(金傅大王)을 말함.

백제 왕씨 치국이오

다섯 여섯 치국은

전라 전주는

공명왕씨 치국이오

일고 여덟 치국은

우리나라 이씨왕(李氏王)

한양 도읍 허실적에

사백년 도읍에

오백년 지내나던

천만 대길—

무한량으 치국이오

아호[아홉] 열 십여왕

이 덕 뽑아 오실적에

제왕은 앞을 서고

손임은 뒷을 서

낮이로는 내[16] 난 가중[17]

밤이로는 불 썬[켠] 가중

가중 찾고 정중 찾아

해동 대한 전라남도

진도군 임회면

[16] 연기.
[17] 가문.

(사설을 읊으며) 이 탑립 문화원[국립남도국악원] 찾아 손임들 오셨으니 [희순]이 나 없고 이 탑립 오신 여러분께 요만한 감기 고뿔 우환 작작 걱정근심 다 거둬 가지고 멀게 가시라고 손임 한번 [접]어 봅시다. 시간 관계로 잠깐 잠깐. 이것은 손임, 첫번에 한 것은 초가망석, 두번짜 금방 한 것은 손임 청한 거. 한 가지 것을 오래하면 시간이 다 가불으면 안되기 따물레[때문에] 잠깐 잠깐.

에라 만수- 에라 대신-
천열이냐 환열이냐
환열 청청에 새경각
대활연으로 설설이 나리소사-

3. 제석굿

장단 : 진양조

채 :　오시더라 오시더라
　　　천왕(天王) 제석(帝釋) 일월(日月) 제석
　　　관음보살(觀音菩薩)이- 오실 적에
　　　제석님네 치레를 보소
　　　얼굴은 관옥(管玉)이요-

풍채는 두목(杜牧)이라-

안상(眼上)으 봉(鳳)에 눈은-

초상강[瀟湘江]으 물결같고-

서리같은 두 눈썹은-

왼[온] 낯을 나려 본[데]

백[저]포 장삼에-

단홍띠를 눌러를 메고

순대명 시대 굴관[18]

이마 맞춰 숙여 쓰고

구리 백통 반은장도-

고름에 느짓 안어를 차고

용두(龍頭)에 새긴 육관장은-

재고리를 [질게] 달아

염주(念珠)는 목에다가 걸고

단주(短珠)는 팔에다가 걸고

흐들 흐늘 나려를[내려를] 왔네-

후렴 : 에 히 야- 나 아 에헤에 에-

에- 헤- 에에에-

제석(帝釋)님이 왔-네-

에- 이히 이히- 요-

18 굴갓. 벼슬한 스님들이
쓰는 관.

함 : 왔네 왔네 중이 왔네-

　　중이-오고 대사가 왔-네

　　이중이 오실 적으

　　명(命)이 적다고 하옵기에

　　명(命) 줌치[19]는 목에다 걸고

　　북(福) 줌치는 품에다가 안고서

　　남도 국악원을 찾어를 왔네

후렴 : 에 히 야- 나아 에헤에-

　　에- 헤- 에-

　　제석님이 왔-네-

　　에-이히 이히- 요-

채 : 새왕산 봄바람은-

　　건중의 치레를 받아[20]

　　한양주를 취히 자시고

　　흐늘 흐늘 오실 적에

　　시내[川]로는

　　다리를 놓고-

　　불로 공과 오실 적은-

　　불로는 다릴 놓아-

19 주머니.
20 초대를 받아.

226

시내 공과 오실 적은―

흐늘 흐늘― 나려를 왔네―

후렴 : 에 히 야― 나 아 에헤에―

에― 헤― 에―

제석님이 왔네―

에― 이히― 이히요―

함 :　세주를 험시다

시주를 허오

이중에다 시주를 허보시면

불쌍하신 망재씨난―

왕생극락을 허신다요―

후렴 : 에 히 야― 나 아 에헤에

에 헤 에―

제석님이 왔네―

에 이히― 이히 요―

채 :　육년은 어드메며

관록은 곱곰인데[21]

강태공(姜太公)은 구름타고―

21 곳곳인데.

적선자[赤松子]는 바람을– 타–고

석가(釋迦) 제석은– 서기를 타–고

흐늘 흐늘 나려를 왔네

후렴 : 에 히 야– 나 아 에헤에–

　　　 에 헤 에–

　　　 제석님이 왔네–

　　　 에– 이히– 이히요–

장단 : 대학놀이(엇중모리)

채 :　 중 한나 나려온다

　　　 중 한나 나려온다

　　　 저 중으 맵시보소

　　　 저 대사 치레보소

　　　 얼굴은 관옥이요

　　　 풍재는 두목이라

　　　 안상으 봉(鳳)에 눈은

　　　 초상강[瀟湘江] 물결같고

　　　 서리같은 두 눈썹은

　　　 왼 낯을 나려보고

　　　 백저포 장삼에

단홍띠 눌러메고

순대명 시대굴관[굴갓]

이매²² 맞춰 숙여쓰고

구리 백통 반은장도

고름에 느짓 안어를 차고

해와 같은 바래[哱囉] 광주

달과 같이 들어메고

달과 같은 바래 광주

해와 같이 들어메고

염주(念珠)는 목에 걸고

단주(短珠)는 팔에 걸고

용두 새긴 육관장

채고리 질게 달아

철‒ 철‒철철 철‒철철

나무아미타불

염불하며 나려온다‒

장단 : 풀이살이

왕아 제석이로고나‒

제석‒

제석님네 아버지는

22 이마.

천왕 제석을 살으시고

제석님네 어마니는

일월(日月) 제석을 살으시고

제석님네 아들 애기

포도 국사 살으시고

제석님네 딸 애기는

인물이 좋아 시녀거든[23]

바느질 글귀 열어

나래[國] 면(面)거둬

촌(村) 거둬 가시더라―

새왕산 화주승(化主僧)이

제석님네 애기다씨

인물 좋다는 말을 듣고

[인물 저깐] 나오실제

[세누비] 장삼(長衫)에

가로누빈 꼬깔에

송죽[24]을 둘러메고

새왕산 봄바람에

한양주를 취히 자시고

흐늘―

흐늘 흐늘 오시더라―

23 예쁜.
24 장삼을 입었기 때문에 단 홍띠 대신 맨 허리띠.

제석님네 열두 사문과

앉어 삼년 누워 삼년

서 삼년 석 삼년을 지내나도

제석님네 열두 사문

아니 열어 주시더라

중이 왔다 거저갈까

정[經]이나 읽고 가세－

세누비 장삼 벗어

석류나무에 걸어 놓고

가리[25] 누빈 고깔 벗어

노상나무다 걸어 놓고

아베[父]게는 복부정

엄매[母]게는 해는정

선영엔 발원경(發願經)

자손에는 발괄경이라－

사오 정[經]을 읽고나니

제석님네 열두 사문

절로 널어[열어] 주시더라－

에라 만수－ 에라 대신

천여 제자 만여 제자

[환열]청청에 [시중]각

25 잘게.

대활연으로 설설히 나리소사―

앉은 조달

채 : 상자씨―!

함 : 예

채 : 중오고 대사오고 육관대사(六觀大師)[26] 성신[性眞][27]왔소.

함 : 무슨 말씀을 하실라?

채 : 질 때가 어이되얏소. 바쁘면 서서가고 안바쁘면 앉어가고
상자[喪主?] 처분이요.

함 : 예. 질 때는 날은 저물어졌어도 바쁘지 않아니 앉아서 쉬
어가시오.

채 : (정쇠를 친 후) 상자씨

함 : 말씀만 하시요.

채 : 이 중이 중 중하여도 연에 뭣한 중이 아니여라?

함 : 뭣하는 중이요?

채 : 운문 동안에 문무는 좌우[관데] 한 처약하던 백이(伯夷) 숙
제(叔齊)도 아니요. {그렇지요} 만고흥망을 적막히(정확히) 모
르시던 산중(山中) 처사(處士)도 아니요. {아믄} 만 인간 의 의
식(衣食)을 궁벽(窮僻)지내라고 유리 걸신도 아니요. {그러지
라} 석해산 연화봉 팔선녀 희롱하던 성진(性眞) 화상(和尙)도
아니요. {아믄} 공자(孔子)같은 스님도 층하를 말라고 일렀으

232

되, {아믄} 이 중을 잠시 춘[請]한 것은 [인감] 삼당 심과 의에 초공목공 배우느라 춘한 것도 아니오. {그렇지요} 어른 아부 [아비] 자슥[자식]으로 글자나 배웠노라 하산 심통 총석까지 지냈노라 춘한 것도 아니요 {아믄} 천상(天上) 연화봉 운하대 감나대 재계받아 놀으시던 옥황상자[玉皇上帝] 권소하던 석 가여래 제자로서, {그렇지요} 한갓 치우처에 있으나 수서나 여 의주 본이오. {그러지라} 소중커라 예일것 없어 옛적 세상에는 적선성공 직심키로 효자(孝子) 충신(忠臣) 열녀(烈女) 흔코 장 수(長壽)허더니, {아믄} 이제 세상에는 내 밥 적은줄만 알고 양 근지법을 쓰시기에 양근지법고 억조창생을 일시에 불러 천거 하라 중을 불러 분부하시기에, {아믄} 옥황님께 하직하고 창해 문을 냅대서서 수십리를 잠꽌오니 {얼쑤} 일락(日落)은 함지 (咸池)하고 월출(月出)은 동정(洞庭)키로, 월궁(月宮) 형아[姮 娥] 더불어 사위어 가지고 자지다니 어떠한 길이간들 시각을 머물손가. {아믄} 오리금 내려주시던 무지개 금다리 놓아주시 기에, 내려와 물은 즉 땅은 강원도 금강산이요 봉(峯)은 일만 이천봉입디다 그려. {아믄} 그곳에 왔다 그저 가겠소 아무리 바뻐도 지도문을 잠깐 외아봅시다.

함 :   그럽시다. 물 한모금 마시고 그람 지도문 욉시다.

---

26 김만중의 소설 『구운몽』 27 김만중의 소설 『구운몽』
   의 등장인물로 주인공의   의 등장인물로 주인공.
   스승.

장단 : 진양조

채 : 금강산(金剛山) 정체[景致]를 보소

　　　천만봉 걸린 달은

　　　염불하는 등불이요

　　　고고단 계궁성은

　　　노싱에도 모양이라[28]

　　　곡곡이 쌓이난디

　　　몇몇이 부체[부처]로써

　　　색색이 기린[그린] 화초(花草)는

　　　바위마다 단청(丹靑)이로고나

앉은 조달

채 : 상자씨-! {예} 지도문을 외고보니 {아믄} 산은 첩산이나

　　　바람이 햇바람이라. {그렇지}

　　　그 곳 지기(地氣)를 못받어 경상도 해안 합천사[합천 해인사]

　　　로 들어가는데 한 번 걸게 들어가 봅시다. 바뻐요.

장단 : 자진모리

　　　순천(順天) 송광[松廣寺] 들어가서

　　　초상 장사 귀경하고

　　　능주(綾州)는 개첨사

---

28 전라남도 회순군 능주면.

234

장흥(長興)은 보림사(寶林寺)

개첨사 들어가

천불(千佛) 천탑(千塔) 귀경하고

경상도 하인[海印]

합천[陜川]사(寺) 들어가니

큰 법당 삼층경은

허궁[虛空] 중천(中天) 솟아있고

작은 법당 이층경

초승달이 걸려있고

늙은 중 젊은 중

노소분간 개리잖고

시왕(十王)님 생일시에

재(齋) 맞이 가느라고

석로²⁹에 불을 달아

노구에 밥을 빌어

장단 : 진양조

채, 함 : 큰 북은 두리둥– 둥

　　　바래는 철– 철–

　　　목탁은 또드락 딱–

　　　인두 법두 요량[요량] 정쇠

---

29 절에서 불 켜는 곳.

일곱 마치 치는 소리

원근(遠近) 산천(山川)을 깨울린 듯

한산사(寒山寺) 야밤 종세[鐘聲]

이에서 더할손가

[경 외우기에] 능통키로―

수작을 잠깐허고

칡 갬긴[감긴] 대들보에

피사리떼[30] 구수[구유] 안에

잉에[잉어] 구경을 잠깐허고

앉은 조달

채 :　상자씨―!

채 :　이 중이 중 중 하여도 열에 뭣한 중이 아니여라.

함 :　뭣하는 중이요?

채 :　이내모를 제 귀신을 입으로 불러 이럭 저럭한 중이지.

　　　산을 찾으면 명산을 찾고 절을 찾으면 대절을 찾는데.

　　　{그렇지}

　　　능주는 개첨사 장흥은 보림사 광주는 무등산(無等山)

　　　해남은 한등산

　　　목포는 유달산(儒達山) 진도는 첨첨산[尖察山]이 명산입디다

　　　그려.

---

30 빗지락대.

명산에 가만히 망자 자니

밤으로는 은(銀) 장기 낮으로는 놋 장기 장기 바둑 앞에 놓고

백점 흑점 덥덥히 두듯하니

난데없는 광풍(狂風)에 글발없는 소지(燒紙) 한 장 허궁[虛空]

중천(中天) 날으기에

자시(子時)에 받어 축시(丑時)에 띄워보니

해동 대한 임회면 이, 탑립, 남도문화원[국립남도국악원]서,

저 불쌍한 금일 망자씨 씻기시난 해[갈] 천도(薦度)시켜

생왕극락[往生極樂?]으로 일시 성불(成佛) 시키자고 [오라고

영접와달라고].

안오믄 [아만 것도 많다할] 껏이라.

자손(子孫) 줌치 품에 품고 명(命) 춤치 목에 걸고 복(福) 줌치

손에 들고

약 복령 수 복령 우황(牛黃) 봉지 삼신산(三神山) 불사약 (不死

藥)을 구해 바랑에 넣고

해명태명 왔으니 가문도 없고 정중 노래가 짯짯이[31]로 바치쇼.

함 : 짯짯이나 싱겁게나 가문도 없고 정중도 없고 남도문화원[국립
남도국악원] 잘 찾어 왔습니다.

채 : 중이라 하는 것은 절에 들어도 염불이요 속가(俗家)에도 염불
이죠.

가문 찾고 정중 찾았걸랑 염불을 하는데.

---

31 빈 틈새가 없이.

염불을 한 번 하면 요것은 여러분 가정에 우환작작 감기고 뿔은 일실 소멸시키시고,

염불을 두 번 하면 백사만사가 하는 것이 다 잘되고,

염불을 세 번 하면 자손께 명(命)과 복(福)을 많이줘서 부귀등명[潘貴功名] 장자 축원하게 잘산답니다. 그라니 염불을 한번 쌍(雙)염불을 해봅시다.

함 :　그럽시다.

장단 : 중모리

후렴 : 나무[南無]야 나무야 나무야 나무

　　　나무야 나무야

　　　나무불이나 나무아미타불

채 :　제석궁에 발을 갈아

　　　보살할멈 씨를 뿌려

　　　토지 지신이 내인 양식

　　　나무아미로 바람맺어

　　　주름아래 때삐달아

　　　염불 양식을 가득 싣고

　　　문수보살(文殊菩薩)님 계신 곳에

　　　염불없이 어이 가며

불공(佛供) 없이 어이나 갈까

후렴 : 나무야 나무야

　　　　나무불이나– 나무아미타불

채 :　　심산(深山)에다 나무를 심어

　　　　예정 유정 가꿨더니

　　　　동(東)으로 뻗은 가지

　　　　목토(木土)보살이 열리시고

　　　　남(南)으로– 뻗은가지

　　　　화(火)보살이 열렸네

후렴 : 나무야 헤–에–

　　　　나무– 나무야

　　　　나무불이나 나무아미타불

채 :　　서(西)에로 뻗은 가지

　　　　금오[金] 보살이 열리시고

　　　　북(北)에로– 뻗은가지

　　　　수(水)보살이 열렸네

후렴 : 나- 헤-헤 나무

　　　　나무불이나 나무아미타불

채 :　　오방 난장 제불 재천

　　　　봉지 봉지- 그 가운데

　　　　약수 보살을- 심었더니

　　　　밤이라 매 가꾸아[32]

　　　　강남서- 나오시던

　　　　그 한 부인- [정]홀 함씨

　　　　한 폭은 끊어다가

　　　　천하국(天下國)에다 바치시고

　　　　또 한 폭은 끊어다가

　　　　지하국(地下國)에다 바치시고

　　　　또 한 폭은 끊어다가

　　　　여그[여기] 오신 여러분께

　　　　명(命)과 수복(喜福)으로[만]

　　　　점지 많이 합시다

후렴 : 나무야 헤- 헤-

　　　　나무 나무야

　　　　나무불이나 나무아미타불

32 풀을 매어 가꾸다.

앉은 조달

채 :   상자씨! {예} 염불을 했으니 자손게 명과 복을 많이 타라고 시
       주(施主) 요만치만 합시다.

장단 : 중모리

후렴 : 세주 세주야
       세주 세주나
       세주를- 하시요-

채 :   명산대천(名山大川)-천하 관대
       법당 중천-나무 시주
       무자(無子) 절손(絶孫)- 도제[濟度] 중생(衆生)
       청장 백장 가사 세주를
       스님께다가 세주를- 헙시다.

후렴 : 세주 세주야
       세주 세주나
       세주를- 헙시다

채 :   장명(長命) 부귀(富貴) 축원(祝願)할 때
       부처님전 타오 시주

장탄수- 벽해 물에

만인(萬人) 공덕 (功德) 다리 세주를

스님께다가 세주를- 헙시다

후렴 : 세주 세주야

세주 세주나

세주를- 헙시다

채 :   일년(一年) 신수(身數)- 가택(家宅) 안녕(安寧)

이수팔수 [인등(蓮燈?) 세주]

연년(年年) 사월(四月) 초파일[初八日]날

합출 공양(供養) 전등 세주를

스님께다가 세주를- 헙시다

후렴 : 세주 세주야

세주 세주나

세주를- 합시다

앉은 조달

채 :   상자씨-!

세주를 허고 좌우를 딱 살펴보니 꼭 명당(明堂)이요. {그러

242

지라}

갈마음수성[渴馬飮水穴]이라, 목마른 말이 물 먹는 성국[形局]
이요.

노기화전[老鼠下田穴] 늙은 쥐가 만곡을 내려다보고 웃고 내
려오는 성국이요.

동남간(東南間)을 바라보니 문창성(文昌星)이 비쳤으니 대대
(代代) 문장(文章)이 나겠소.

서남간(西南間)을 바라보니 노적봉(露積峯)이 비쳤으니 당년
에 부자 되겠소.

앞산을 건너다보니 옥녀탄금성[玉女彈琴形]이라,

아름다운 미녀가 칠보단장에 거문고 앞에 놓고 희롱하는 성국
이요.

요런 좋은 명당을 찾아서 그저 가서 쓰것소?

이 문화원[국악원] 사무실 하나 짓어주고 갑시다.

지경을 탁 다과서. 쪼깐만 [다과]서.

장단 : 굿거리

후렴 : 지경─ 성국을 다굴─라

　　　지경 성국을 다굴라

　　　휘기 영차 지경이야

　　　어기 영차 지경이야

지경 성국을 다굴라

채 :   동편(東便) 지경을 다굴라
      동편 지경을 다굴라
      청룡(靑龍) 한 쌍이 묻혔으니
      화기어라[33] 다치지 않게
      가만히 살짝 다굴라

후렴 : 어기영차 지경이야—
      어기영차 지경이야
      지경성국을 다굴라

채 :   남편(南便) 지경을 다굴라
      남편 지경을 다굴라
      적룡(赤龍) 한 쌍이 묻혔으니
      용의 머리 다치지 않게
      가만히 살짝 다굴라

후렴 : 어기영차 지경이야—
      어기영차 지경이야
      지경 성국을 다굴라

33 집을 지을 때 주춧돌을
   다치지 않게 하라는 뜻.

채 :　　서편(西便) 지경을 다굴라

　　　　서편 지경을 다굴라

　　　　백룡(白龍) 한 쌍이 묻혔으니

　　　　화기어라 다치지 않게

　　　　가만히 살짝 다굴라

후렴 : 어기영차 지경이야

　　　　어기영차 지경이야

　　　　지경 성국을 다굴라

채 :　　북편(北便) 지경을 다구르자－

　　　　북편 지경을 다굴라

　　　　흑룡(黑龍) 한 쌍이 묻혔으니

　　　　용의 머리 다치지 않게

　　　　가만히 살짝 다굴라

후렴 : 어기영차 지경이야

　　　　어기영차 지경이야

　　　　지경 성국을 다굴라

채 :　　중앙(中央) 지경을 다굴라

중앙 지경을 다굴라

황룡(黃龍) 한 쌍이 묻혔으니

화기어라 다치지 않게

가만히 살짝 다굴라

후렴 : 어기영차 지경이야

어기영차 지경이야

지경 성국을 다굴라

앉은 조달

채 : 상자씨-! {예}

지경을 다과놓고 보니 참 잘 다과졌소. 집 한번 짓어보꺼

이라?

{그럽시다}

장단 : 자진모리

주공(周公)의 장한 도덕

큰 터를 올리 닦아

효자 충신 지추[주춧돌] 놓고

인의예지(仁義禮智) 기둥을 시워[세워]

삼강오륜(三綱五倫) 배랑걸고[34]

34 상량하고.
35 팔도목으로 도리 걸고.

탈 준모 도리 연장[35]

팔팔(八八)은- 육십사(六十四)

차례로 연자걸어

일육(一六) 수(水)는 북문(北門)이요

이칠(二七) 화(火)는 남문(南門)이요

삼오(三五) 금(金)은 서문(西門)[인데]

구십토록 알매하야

일월(日月) 성신(星辰) 창에 걸어-

장단 : 굿거리

각기 간(間)을 정마[36]

각기 간(間)을 정마

명당(明堂) 방(方)에 방을 놓고

복덕(福德) 방(方)에다 마루 놓고

대덕[世德] 방(方)에 정재[37]놓고

칙신 방(方)에 칙간[厠間]놓고

청룡(靑龍) 방(方)에는 담을 쌓고

대로 방(方)에 질[길]을 내고

월덕(月德) 방(方)에 샘을 팠으니

어찌가 아니가 좋을쏘냐

36 정한다는 뜻.
37 부엌.

앉은 조달

채 :　　상자씨-! {예} 용의 머리러를 닦아 학의 등에 집을 짓어 호박
　　　　지추 유리 기둥 산에 걸렸으니, 집을 짓었으니 아무리 바뻐도
　　　　입춘(立春) 한번 써 붙여 봅시다. {그럽시다}

장단 : 굿거리

　　　　입춘대길(立春大吉) 건양다경(建陽多慶)
　　　　천정세월[千增歲月]에 인정수[人增壽]는
　　　　춘만건곤(春滿乾坤) 복만가(福滿家)라
　　　　뚜렷이 붙여있고
　　　　상기둥에다 붙인 입춘
　　　　춘광성도[春光先到] 구진가[吉人家]요
　　　　화기자성[和氣致祥?]에 군자댁이라
　　　　뚜렷이 붙여있고
　　　　큰 문 욱에다 붙인 입춘
　　　　당산 학발[堂上父母] - 천년수[千年壽]요
　　　　실하자손[膝下子孫]에 만세영[萬世榮]이라
　　　　뚜렷이 붙여있고
　　　　마랫문[마루문]에다 붙인 입춘
　　　　일일 소지(掃地)에 황금출(黃金出)이요
　　　　시시 개문[開門]에 만복래(萬福來)라

뚜렷이 붙여있고

정지문에다 붙인 입춘

반출고물에 행백옥이요

채선성수 송천사라고

뚜렷이 붙여있고

외양간에다 붙인 입춘

우경에 백파경 마천리행이라고

뚜렷이 붙여있고

대문간에다 붙인 입춘

시화연풍(時和年豊)허고

국태민안(國泰民安) 허느니라

뚜렷이 붙어있네

앉은 조달

채 : 　(정쇠 치며) 상자씨. {예} 입춘까장 써 붙여놓고 보니 참 좋
　　　으요.

　　　그러니 노적도, 노적도 쪼깐만 끄식여 내.

함 : 　네, 너럽게 많이 끄집어 내도 괜찮았겠어.

채 : 　시[세]간이 없어. 몇 시간이나 되얏소?

함 : 　시 시간 다 되얏소.

강 : 　야닯시 반이요.

채 : 야닯시 반? 으응 그래 {넌출허겠소} 그람 노적 한번 끄집어[내]

장단 : 중모리

후렴 : 여– 여허– 여허로–

　　　어긔야–청–청

　　　노적이로–구나

채 : 일만 장안에 억만격인 노적

　　　억만 장안에 팔만격인 노적

　　　이 댁으로만 다다실어 [들이세]

후렴 : 에–헤–이야 에헤에헤이야

　　　안어들이고 끄집어 당겨라

　　　노적이로구나

채 : 서울 장안에 곳곳이 쌓인 노적

　　　자동차야 점차야 붓고 붓고 다 실어라

　　　이 댁으로만 다 다 실어 들이세

후렴 : 여 여허어이– 어허이여어라

　　　어긔야 청– 청 노적이로구나

채 :   진개[김제] 만개[만경] 오야미 들에
      다불 다불 쌓인 노적
      이 댁으로만 다 다 실어 들이세

후렴 : 에헤이야 에헤이 에헤에에헤이야
      [잡어댕기고] 끌어당겨라
      노적이로구나

채 :   풍년에 풍년에 다불 다불 쌓인 노적
      이 댁으로만 다 다 실어 들이세

후렴 : 여 여허 여허 여어라
      어긔야 청- 청 노적이로-구나

채 :   임회면 창고안에 가득찬 ****
      이 댁으로만 다 다 실어 들이세

후렴 : 에-헤이야 에헤에 에헤이야
      안어들이고 끌어당겨라
      노적이로구나

채 :　동서남북 방방곡곡 곡곡이 쌓인 노적

　　　이 댁으로만 다 다 실어 들이세

후렴 : 여 여허어 여허이 여어라

　　　어긔야 청−청 노적이로−구나

앉은 조달

채 :　상자씨. {예}

　　　노적을 이로코롬 많이 끄집어 들여놓고보니

　　　앞에 눌른 앞노적은 [대]주님네 노적이요.

　　　뒤에 눌른 뒷노적은 궁주님네 노적이요.

　　　봉오리가 천이라도 위지지[38] 한나가 으뜸이더라고

　　　노적을 아무리 많이 끄집어 들여놔도 업이 없으믄 시루에 물

　　　주기요 무단 새나갑니다.

　　　*** ** 대대 전승하고 잘사라고 업을 한번 불러들여봅시다.

장단 : 굿거리

채 :　술베[39] 술베 진당사 쇠줄을

　　　**히 저미야

후렴 : 어허어 어허어

38 비가 새지 않게 하기 위
　해 덮는 짚으로 만든 것.
39 단단한 줄, 끊어지지 않게.

어긔야-청청 업이로구나

채 :　일월성신(日月星辰)이 밝았으니
　　　해달에 업도 들어오소

후렴 : 아하아- 하아 어긔야-청청 업이로구나

채 :　오방지신(五方地神)이 밝았으니
　　　지신에 업도 들어오소

후렴 : 에헤- 허어 어긔야-청청 업이로구나

채 :　닭이 울어 자축시(子丑時)하니
　　　인간에 업도 들어오소

후렴 : 에헤- 에헤에 어긔야-청청 업이로구나

채 :　만수청산이 워석석하니
　　　부엉이 업도 들어오소

후렴 : 아하아 아하아 어긔야-청청 업이로구나

채 :   업아– 업아 업아 업아 업아
      이리 오라면 이리 와

후렴 : 에헤에 에헤에 어긔야–청청 업이로구나

채 :   인간에 업은 들어오거던
      방안으로만 지수하소[40]

후렴 : 아하아 아하아 어긔야 청청 업이로구나

채 :   재물에 업은 들어오거던
      [금고] 안으로 지수하소

후렴 : 헤에–헤에 어긔야–청청 업이로구나

채 :   부엥이[부엉이] 업은 들어오거던
      노적봉으로 지수허소

후렴 : 에–– 어긔야–청청 업이로구나

채 :   업아–!

40 보내다.

업아 업아 업아 업아

이리 오라면 이리 와

후렴 : 아 하아 아하아 어긔야―청청 업이로구나

(청중 : 박수)

앉은 조달

채 :　상자씨! {예}

오늘 여그를 나가 차에서 팍 내린디 누가 옆굴치를 꾹 짜릅

디다.

깜짝 놀래 돌아본께 흐간 할마이가 '너 누댁오냐?'하시기에 내

가 누집 찾아서 오잖애 [나요] 남도 문화원서

저 불쌍한 양반 [씻기시나 해갈천도] 시켜 왕생극락 시키자고

오락 오라고 영계 받아낳길래 온닥한께

당신은 앞도당산 뒷도당산 당할마니라 합디다.

불쌍하신 금일망자 모시고 잘 논댐에 당할머니를 잘 놀아주면

온[오늘] 저엽에 여그 오신분 [누댁]없이 빠짐없이

인간에 따라 들고 음식에 묻어 들고 생*에 접어들든

열 두 부정 열 두 살 우환작작 걱정근심

감기 고뿔 행운수불을 일실 소멸시켜주고 {문화원도 잘되고}

백사만사가 다 잘된닥하니 그라니 당[산]을 한번 해봅시다.

장단 : 구정놀이

장단 : 대학놀이(엇중모리)

채 : (정쇠를 치면서) 누가 받아야 쓰까? (참관자의 옷에 쌀을 담아
주며) 딱 싸서 뒀다가 집이 가서 혼자묵어. {혼자서?}

군웅을 모십시다
웅을 모십시다
경상도 황제 군웅
우리나라 이씨 군웅
군웅님네 아버지는
갯고기는-
비리다고 안자시니
군웅님네 딸애기
꽃바구리 옆에끼고
앞동산 고사리
뒷동산 도랏캐[도라지]
산 채로 대접하고
승상거북 승진도미

한림 박대 준치 오징어

삼치 광어

등진 갈치 눈 큰 민어

넙덕 개오리로 걸-게 한번 놀아봅시다

(청중 : 박수)

채 : 아따, 심든다.

4. 넋올리기

채 : 하제

함 : 응. 뻗치기만 안하믄은 뻗쳐도

채 : 아 뻗치기사 원두리서 여까지 뻗쳤은께 많이 뻗쳤제

장단 : 대학놀이(엇중모리)

채 : 넋이로세 넋이로세

넋인줄을- 몰랐더니

오늘보니 넋이로세

신이로세-

신인줄을 몰랐더니

오늘 보니 신이로세

넋일랑은 오시거든

넋당삭에 모셔놓고

신일랑은 오시거든

신상에다가 모셔오고

신 넋이 오시거든

화기사단에 모십시다―

도라니 백발이요

면치 못할 죽음이라

천황씨 인황씨는 신농황제 복희수요[복희씨요]

요(堯) 순(舜) 우(禹) 탕(湯) 문(文王) 무(武王) 주공(周公)

공명왕전 정부자도

도덕이 광천하여

한 번 초관을 못면하고

어리도다 진시황(秦始皇)

아방궁(阿房宮) 높이 앉어

만리장성(萬里長城) 싼 연후에

그러한 영웅은

사적(事跡)이나 있건마는

우리같은 초로(草露)인생

아차 한 번 죽어지면

육진장포(六鎭長布) 일곱[매]

상하로 질끈 묶어

소방산(小方牀) 대뜰[댓돌] 우에[위에]

덩시렇게 올려매고

북망산을 행할적에

산토(山土)로 집을짓고

송축(松竹)으로 울을삼아

두견 접동 벗이 되어

산은 첩첩 밤 깊은데

처량한 것은 넋이더라ㅡ

두견새 밤에 울고

뻐꾸기 낮에 울때

듣기 싫은 저 새소리

가지마당 울고있고

보기 싫은 저 물은

골골이 흘러가네ㅡ

천황씨(天皇氏) 인황씨(人皇氏)는

만팔천(萬八千) 해[歲]살았어도

염래대왕을 못달래고

우리나라 이씨(李氏) 왕은

춘추명절 달랬어도

염래대왕을 달래고

화태(華陀)[41]와 편작(編鵲)[42]이는

약이 없어 죽었으며

공자씨 맹자씨는

글을 몰라 죽었던가—

어와 청춘 소년들아

홍안(紅顔) 백발(白髮) 웃지마소

어제 청춘 오늘 백발

그 아니 가련하며

장대에[43] 일등 미색

곱다고 자랑마소

서산에 지난 해는

뉘라서 금지하며

창해 유수(蒼海流水) 흐르는 물

다시 보기가 어려울새—

불쌍하신 금일 망자

삼신산(三神山) 불사약을

구하라고 보냈건만

아차 한번 가게되면

소식도 돈절하고

41 생몰년 미상. 중국 한나
  라 말의 명의.
42 생몰년 미상. 중국 전국
  시대의 명의.
43 장안에.

사우평상 저문날에

여사망초 뿐이더라–

장단 : 흘림

넋이야–

이 넋이 누 넋인가

아무간으 지어내던

왕소군(王昭君)으 넋인가

숙[영]낭자 넋이던가

불쌍하고 가련한

금일 망자 넋이더라–

오르소사–

오르소사 오르소사

넋이라도 오르시고

신이라도 오르시고

신의 칼에 오르시면

씻기시난 해갈시켜[44]

염불로– 질을 닦아

극락새왕 옥경 연화당

[수구품]– 밑으로

일실 성불 되오니

[44] 씻는다는 것.

설워말고 오르시오

(사설을 읊으며) 예-. 불쌍하신 금일 망재 신의 칼에 오르시오. 신의
칼에 오르시요. 신의 칼에 오르시면 십대제옥도 면하시고 천근도 여
의시고 중복도 가시옵고 새왕극락 가옵네다. 설워말고 오르시오.

장단 : 흘림

    설움이야
    설움 설움 설움이야-
    나역차 젊은날에
    부모양친 이별허던
    숙[영]낭자 설움인들
    망자같이 설울소며
    수족을 다 끊은
    첩(妾)부인의 설움인들
    망자같이 설울소며
    왜장(倭將) 청장[45] 목을 안고
    진주 남강 빠져죽던
    아야미[義嚴, 논개]의 설움인들
    망자같이 설울손가

---

45 왜군 적장 기다 마고베
   (통칭 게야무라 로쿠스
   케)를 말함.

(사설을 읊으며) 예-금일 망자씨. 신의 칼에 오르시요 잉. 최씨 궁주 머리에서 신의 칼에 오르시고 최씨[구중] 일년 열두달 과년 열[석]달 넘어가도 [몸에 암] 감기몸살 없이 **** **** *** **** *** **** *** **** * *** [지 않았소.] 신의 칼에 오르시요. 신의 칼에. 누구한테서- 오를라고-. 신의 칼에 오르시요. 신의 칼에.

장단 : 흘림

> 어와 세상 사람들아-
> 이 내 한 말 들어보소
> 인간이- 세상 나서
> 팔십 생명 다 살어도
> 병든 날과 잠든 날에
> 걱정 근심 다제[허면]
> 단 사십을 못살거늘

(사설을 읊으며) [안씨 궁주] 다아 당신네들 ***인 사람이요. 당신들 머리끝에-. 설워말고 오르시오, 잉.

강 : 오르시오 오르시오 걱정말고 오르시오
        **라도 오르시고 **라도 오르시오

5. 희설

채 :   실무어라 배무어라-

실무산 저고개

바람도 수여넘고

구름도 수여넘든

수진이 날진이

해동창[海東靑] 보라매

쉬여 넘던 그 고개를-

인정없던 망재들은

그 고개 못넘으고

여기 저기 중졌난데-[46]

오늘날-

불쌍하신 금일 망재

실무산 고개 넘을적에

게워이 서러워

옥같은 두 미간에

구슬같은 눈물져

실무산 고개 넘으시오-

어와 세상 사람들아

---

46 주저앉았다.

저승길이 길이던가

새왕문이 문이던가

저승길이 길 같으면

오고가고 [내 못오며]

새왕문이 문 같으면

열고 닫고 내 못오까—

아차 한번 가게되면

다시 오기 어려우니

내 어이 안설워까—

저 건네 보령안에

잎 없고 끝없던

갓 없는 팽경지나무

그 나무 [묵]어내어

월천강 대동강

다리를 놓자더니

인명은 재천이라

그 다리 건널 이 전히[전혀] 없되—

인정없던 망재들은

그 다리 못건너고

여기 저기 중졌난데—

오늘날—

불쌍하신 금일 망자

그 다리 건너 새왕 가시오—

범포기범[遠浦歸帆]은 백운선이요

하포문[접]은 일엽선(一葉船)이라

푸르고 청강우에

흐둥실 떠난 배야—

니 배에—

게 무어 실렸던가

은궤(銀櫃) 옥궤(玉櫃) 실렸음네

은궤 옥궤 열고보니

신농씨 상애하시던

약수 보살이 실렸더라—

불쌍하신 금일 망자

천근을 여웁시다.

장단 : 굿거리

후렴 : 일월에 천근 월월에 천근

양우 문전에 득수지

(장단 늘어지며) 천근이야—

헤에 헤이—

아 하아 에헤이요

아 하아 에헤이요

천근이야– 천근이요–

장단 : 흘림

채 :　불쌍하신 금일 망자–

　　어느 왕에 매였으며

　　어느 지옥에 잼기셨소–

　　인간의 육갑(六甲)은

　　갑자을축(甲子乙丑)이 초육갑(初六甲)이요

　　저승의 육갑은

　　갱오신미[庚午申未]가 초육갑입네다–

　　초경오(初庚午) 이무자(二戊子)

　　삼임오(三壬午) 사갑자(四甲子)

　　오경자(五庚子) 육병자(六丙子)

　　칠갑오(七甲午) 팔병오(八丙午)

　　구임자(九壬子) 십무옵[十戊午]네다–

　　갱우신미[庚午申未] 임술계유(壬戌癸酉)

　　갑술(甲戌) 을해(乙亥) 생(生)은

　　초제왕[初大王]에가 매였겄소–

　　초제왕은–

　　제일(第一)에 진광대왕(秦廣大王)

명호는 정태공씨[정국당씨]

탄일은–

이월(二月)이라 초하룻날

[원]불도 초하루

동명촌자 좌우부처

좌명존자 우부처

무도고양 태산[봉*]

사적이나 있건마는

백마나 권속 거나리고

명이나 명수 앞세우고

악사지옥을 면하소사–

무자(戊子) 기축(己丑) 갱인[庚寅] 신묘(申卯)

임진(壬辰) 계사(癸巳) 생은

이제왕[二大王]에가 매였겠소–

이제왕은–

제이(第二) 초강대왕(初江大王)

명호는 정국당씨[정태공씨]

탄일은–

삼월이라 열하룻날

[원]불도 열하룻날

우명존자 좌우부처

좌명존자 우부처

무도고양 태산봉

사적이나 있건마는

백마나 권속 거나리고

명이나 명수 앞세우고

도탄(塗炭) 지옥을 면하소사―

임오(壬午) 계미(癸未) 갑신(甲申) 을유(乙酉)

병술(丙戌) 정해(丁亥) 생은

삼제왕[三大王]에가 매였겠소―

삼제왕은―

제삼(第三) 송제대왕(宋帝大王)

일신봉천 제불재천

상수설법 도제중

백마나 권속 거나리고

명이나 명수 앞세우고

하탄 지옥을 면하소사―

갑자(甲子) 을축(乙丑) 병인(丙寅) 정묘(丁卯)

무진(戊辰) 기사(己巳) 생은

사제왕[四大王]에가 매였겠소―

사제왕은―

제사(第四) 오관대왕(伍官大王)

일신봉천 제불재천

상수설법 도제중

백마나 권속 거나리고

명이나 명수 앞세우고

태산 지옥을 면하소사-

경자(庚子) 신축(申丑) 임인(壬寅) 계묘(癸卯)

갑진(甲辰) 을사(乙巳) 생은

오제왕[五大王]에가 매였겼소-

오제왕은-

제오(第五) 염래대왕[閻羅大王]

일신봉천 제불재천

상수설법 도제중

백마나 권속 거나리고

명이나 명수 앞세우고

평등 지옥을 면하소사-

불쌍하신 금일망재

이차지 천근을 여읍시다.

장단 : 굿거리

후렴 : 일월에 천근 월월에 천근

　　　양우문전에 득수지

(장단 늘어지며) 천-근-이야-

예에- 에-

아 하아 에헤에요

아 하아 에헤에요

천-근-이-야- 천-근-이 요-

장단 : 흘림

채 :　불쌍하신 금일 망재-

　　　병자(丙子) 정축(丁丑) 무진(戊辰) 계묘(癸卯)

　　　경진(庚辰) 신사(辛巳) 생은-

　　　육제왕[六大王]에가 매였겠소-

　　　육제왕은-

　　　제육(第六) 변성대왕(變成大王)

　　　일신봉천 제불재천

　　　상수 설법 도제중

　　　백마나 권속 거나리고

　　　명이나 명수 앞세우고

　　　아사 지옥을 면하소사-

　　　갑오(甲午) 을미(乙未) 경신(庚申) 신유(辛酉)

　　　무술(戊戌) 기해(己亥) 생은

　　　칠제왕[七大王]가 매였겠소-

칠제왕은–

높고 높은 태산대왕(泰山大王)

일신 봉천 제불재천

상수 설법 도제중

백마나 권속 거나리고

명이나 명수 앞세우고

도산 지옥을 면하소사–

병오(丙午) 정미(丁未) 무신(戊申) 계유(癸酉)

병술(丙戌) 신해(辛亥) 생은

팔제왕[八大王]에가 매였겠소–

팔재왕은–

제팔(第八) 평등대왕(平等大王)

일신 봉천 제불재천

상수설법 도제중

백마나 권속 거나리고

명이나 명수 앞세우고

[하탄]지옥을 면하소사–

임자(壬子) 계축(癸丑) 갑인(甲寅) 을묘(乙卯)

병진(丙辰) 정사(丁巳) 생은

구제왕(九大王)에가 매였겠소

구제왕은

제구 도산대왕[都市大王]

일신 봉천 제불재천

상수 설법 도제중

백마나 권속 거나리고

명이나 명수 앞세우고

옥사 지옥을 면하소사-

무오(戊午) 기미(己未) 경신(庚申) 신유(辛酉)

임술(壬戌) 계해(癸亥) 생은

십제왕[十大王]에가 매었겠소-

십제왕은-

제십(第十) 전륜대왕[轉輪大王]

일신[일심]봉천 제불재천

상수 설법 도제중

백마나 권속 거나리고

명이나 명수 앞세우고

태산 지옥을 면하소사-

스님을 극진하면

선방(先方) 부모 후방(後方) 자손

[요귀] 조상 여리열명

영찰지잘 왕보살되야

새왕극락 옥경 연화당을

수구품 밑으로

일실성불 되옵네다

불쌍하신 금일망재

장단 : 굿거리

후렴 : 삼차지[세 번째] 천근을 여옵시다

일월에 천근 월월에 천근

양우문전에 득수지

(장단이 늘어지며) 천근이야—

헤에—

아 아하 헤에요

아 아하 헤에요

천근이야 천근이요

장단 : 흘림

채 : 불쌍하신 금일 망재—

십제[十大] 지옥을 면하시고

왕생극락 하실라면

무슨 성심 하셨으며

무슨 공덕 하시었소

공덕 성심이 극진하면

십제 지옥을 면하시고

새왕극락 가옵네다

부화 부순[夫唱婦隨?] 화목하야

봉위유신[月友有信?] 하시였소

좋은 터에 원두지어

행인(行人) 유숙(留宿) 하시였소—

목 마른 이 물 떠주어

급수(給水) 공덕 하시었소—

헐벗은 이 옷을 주어

극락(極樂) 공덕 하시었소—

병든 사람 약 사주어

화령(活人) 공덕 하시었소

배고픈 이 밥을 주어

구사[救難] 공덕 하시었소—

짚[깊]은 물에 다리놓아

월천(越川) 공덕 하시었소

부처님께 공양드려

염불(念佛) 공덕 하시었소—

공덕 성심 극진하야

십제 지옥을 면하시고

새왕 극락 가옵실제

소원대로 가옵소사

선녀차지야 선관되야

요지연에 가실라요

극락세계로 가실라요

밤중일[때] 효풍시에

명문자제(名門子弟) 되실라요

부귀공명(富貴功名) 하실라요-

장생불사(長生不死) 하실라요

서왕모 하관(下官)되야

반도(蟠挑) 손님 되실라요-

가시다가 원통커든

첨천 유월 유수시

서왕모 예비전에

회포 말씀을 하시고 가시오

춘일은 원약하고

하월은 동약한데

청잎 녹엽 만발한데

정체[景致] 찾아 쉬어가오

한 고부[고비] 가시다가

백로 홍강 녹수일랑

원앙 한 쌍 게 섰거던

새왕 길을 묻고가시요-

또한 고부 가시다가

탐화(探花) 봉접(蜂蝶) 분분한데

청조새 게 서거든

저승길을 묻고가시오

또 한 고부[고비] 가시다가

상좌 앞에 백발노인

장기 바둑을 앞에 놓고

백점 흑점 뒤더나니

삼신산이 분명하야

정체[景致] 찾아 쉬어 가시오

또 한 고부[고비] 가시다가

백운 승청(白雲勝處?) 일심귀라

중 한나 게 섰거든

멀고 먼 새왕길을

인도하야 가옵소사

또 한 고부 가시다가

봉래산(蓬萊山) 구름 속에

청애[靑衣] 동자 둘이 앉어

옥통수[玉洞篇] 슬피 불면

정체[景致] 찾아 쉬어 가시오

또 한 고부 가시다가

봉래산 구름 속에

치나무 절벽[47] 노싱가에

약 캐는 동자헌테

원통하시고 통분커든

불사약이나 얻어 자시고

인도 환생(還生) 다시 하시오

불쌍하신 금일 망자

십제지옥도 면하시고

천근도 여우시면

(사설을 읊으며) 중복을 가십시다.

정칠(正七) 사시월은 맹월(孟月)인디—

인신(寅申) 사해(巳亥)일이 대중복이요

이팔(二八) 오동월은 중월(仲月)인디—

진술(辰戌) 축미(丑未) 일이 대중복이요

삼구(三九) 육석달은 계월(季月)인디—

(사설을 읊으며) 자(子) 오(午) 묘(卯) 유(酉) 일이 대중복입니다.

47 층암절벽.

장단 : 굿거리

중복 열하 제귀살신−

중복 열하 제귀살신−

자년(子年) 동북 동색달

중복 열하 제귀살신

축년(丑年) 동북 동색달

중복 열하 제귀살신

인년(寅年) 동북 동색달

중복 열하 제귀살신

묘년(卯年) 동북 동색달

중복 열하 제귀살신

[사]년(巳年) 동북 동색달

중복 열하 제귀살신

[오]년(午年) 동북 동색달

중복 열하 제귀살신

[미]년(未年) 동북 동색달

중복 열하 제귀살신

신년(申年) 동북 동색달

중복 열하 제귀살신

유년(酉年) 동북 동색달

중복 열하 제귀살신

술년(戌年) 동북 동색달

중복 열하 제귀살신

해년(亥年) 동북 동색달

중복 열하 제귀살신-

(사설을 읊으며) 나무아미타불 관세음보살. 휴우. 예-. 금일 망자 씨.

 (청중 : 박수) 씻겨쏠라 해갈천도 시켜 염불로 길을 닦아 드릴 것잉께 새왕 극락 가옵실 때, 세상에 이녁 자숙도 못해주는데 저어 서울 문화원[국립국악원]서, 일심 정심 다 드려서 당신 이런 일을 해주고. 새왕극락 [갔을 때] 거그 계신 여러분들 모두, 명은 삼천갑자동박석 [임진명], 복은 [석순]에 갖은 복을 [연결]시켜 주옵시고. 일년 열두달 과년 열두날 소월 [소말]에 대월 [서른]날에 정칠월 이팔월 삼구월 사시월, 오동지 육섯달 삼백육십오일 번개 같이 넘어가도 만 인간 입담 해담 관청 구설살귀 [노만] 감기고뿔 [행불 ✽✽살이나 ✽✽르게 해주시고.] 동서남북 열두[영제 유리사방네]에도 앞에서 [✽✽ 뒤✽✽ ✽게, 허짱 놀래짱 [낙장살✽ ✽✽✽] 백사만사가 많기가 뜻과 같이 소원성취 시켜주옵시고. 여그 임회면 탑립, 남도 문화원[국립남도국악원]. 여그 와서 이런 일을 했옹께 당신 불쌍한 사람 씻겨중께, 뒷처리 [허는] 여그 직원들도, 하나 빼놓지 말고 명을 삼천갑자동박석 [임진명], 복은 [석순]에 갖은 복을 [연결]시켜 주옵시고. 일년 열두달 과년 열[석]날 소월 [소말]에 대월 [서른]날에 정칠월 이팔월 삼구월 사시월 오동

280

지 육섯달 삼백육십오일 번개같이 넘어가도 만 인간 입담 해[담] 관청구 설살 [노만] 감기고뿔 [행불 **살이나 **르게] 해주시고. 동서남북 남자 기침소리 삭제열두[영제 임지사방네]에도 앞에서 [** 뒤** ** 허짱 놀래짱 낙성 **이 ** ****] 뜻이 있는 사람 뜻으로 점지하고 뜻으로 있는 사람 마음으로 점지시켜 손질 거두고 발길 **매고 손에는 *** 발에는 *** 세상 ** 소원성취 시켜주시고. 이 진도 임회면 탑립 갑기고뿔 [행불 수불]은 일시로 거둬갖고 새왕극락 옥경 연화당 [** 밑으로] 일시로 성불 되소서. 나무아미타불 관세음보살.

6. 씻김

장단 : 대학놀이(엇중모리)

채 :   넋이로세– 넋이로세

　　　넋인줄을– 몰랐더니

　　　오늘 보니 넋이로세

　　　신이로세

　　　신인줄을 몰랐더니

　　　오늘 보니 신이로세

　　　넋일랑은 오시거든

　　　넋당삭에 모셔 오고

신일랑은 오시거든

신상에다가 모셔 오고

신 넋이 오시거든

화기사단에 모십시다

이 넋이 오실적에

서울로[小門路] 지끼다가[지키다가]

은장도 드는 가세

어거석석 비어내어

넋당삭 몰아 올제

앞 어두워 못올까봐

연지등 자래등

초롱등 불밝히고

대마전 소마전

당삭 맞어 오시더라

어와 세상 사람들아

살었다고 좋아말고

죽었다고 설워마소

나도 어제 살어서는

백년이나 사쟀더니

원명(原命)이 뿐이던가

사생(死生)에 때가있어

가기 싫은 저 세상을

아차 한 번 가게 되면

다시 오기가 어려울세

[도]라니 백발이요

면치 못할 죽음이라

천황 지황 인황씨는

신농(神農) 황제(黃帝) 복희수[복희씨]라

요(堯) 순(舜) 우(禹) 탕(湯) 문(文王) 무(武王) 주공(周公)

공명왕전 정부자도

도덕이 광천하여

한 번 초관을 못면허고

어리도다 진시황(秦始皇)

아방궁(阿房宮) 높이짓어

만리장성 (萬里長城) 싼 연후에

그러한 영웅은

사적(事跡)이나 있건만은

우리 같은 초로인생

아차 한번 죽어지면

육진장포 일곱매

상하(上下)로 질끈 묶어

소방상(小方狀) 대뜰[댓돌] 우에

덩시렇게 올려놓고

북망산을 행할적에

산토(山土)로 집을 짓고

송죽(松竹)으로 울을 쌓고

두견 전통[접동] 벗이되어

산은 첩첩 밤 깊은데

처량한 것은 넋이더라

두견새 밤에 울고

뻐꾸기 낮에 울제

듣기 싫은 저 새는

가지마다 울어 있고

보기 싫은 저 물은

골골이 흘러가네

천황씨 인황씨는

만팔천해 살았어도

염래대왕을 못달래고

우리나라 이씨 왕은

춘추 명절 달랬어도

염래대왕을 못달래고

화태(華陀)와 [편작(編鵲)이]는

약이 없어 죽었으며

공자(孔子)씨 맹자(孟子)씨는

글을 몰라 죽었던가

불쌍하신 금일 망자

삼신산 불사약을

구하라고 보냈건만

아차 한 번 가게되면

소식도 돈절하고

사구평상 젊은날에

여산망초- 뿐이로세-

장단 : 흘림

세상 천지 만물 중에

사람 우에 또 있으리

여보시오 시주임네

이 내 한 말 들어보소

요 세상에 나온 사람

누[누구] 덕으로 나왔던가-

석가여래(釋迦如來) 은덕으로

아버님전 뼈를 빌고

어머님전 살을 빌고

칠성님께 명을 빌고

지석[제석]님께 복을 빌어-

이 내 일신 탄생하야

한 두 살에 철을 몰라

부모(父母) 은덕(恩德) [알을]손가-

이삼십에 다 되어도

부모 은공 못다갚고

어이 없고 설운지고

세월이 여류하야

원수 백발 돌아오니

없던 망령 절로 나네

망령이라 흉을 보고

구석 구석 웃는 모양

어이없고 설운지고

절통하고 통분하네

할 수 없네 할 수 없소

홍안(紅顏) 백발(白髮) 늙어감은

인간에 이 공도를

누가 능히 막을소냐

춘추는 [연연]목이요

왕손은 비불귀라

우리 인생 늙어지면

다시 젊지 못하노니

인간 백년 산닥해도

병든 날과 잠든 날에

걱정 근심 다 지[除]하면

단 사십을 못[산 인생]

어제 오늘 성턴 몸이

저녁 나절 병이 드니

실날 같은 이 내 몸에

태산 같은 병이드니

부르나니 어머니요

찾느나니 냉수로세

인삼 녹용 약을 쓴들

약 효[염을] 입을 쏜가

판수[48] 불러 경 읽은들

경 덕이나 입을손가–

제미(祭米?) 쌀을 쓸고 쓸어

명산 대천 찾아가서

상탕에는 메를 짓고

중탕에는 목욕허고

하탕에 수족 씻고

촛대 한 쌍 벌려 놓고

48 점 치는 일을 업으로 삼는 맹인 남자.

향로 향화 불 밝히고

소지 한 장 얹은 후에

비나이다 비나이다

지석님께 비나이다

칠성님께 발현하고

신장님께 공양한들

어느 성인[선인] 알음있어

감응(感應)이나 할까보냐

제일전에 진광대왕(秦廣大王) −

제이전에 초강대왕(初江大王)

제삼전에 송제대왕(宋帝大王)

제사전에 오관대왕(伍管大王)

제오전에 염래대왕(閻羅大王) −

제육전에 변성대왕(變成大王)

제칠전에 태산대왕(泰山大王)

제팔전에 평등대왕(平等大王)

제구전에 도시대왕(都市大王)

십제왕[十大王]에 매인 사자

일칙 사자 월칙 사자

십제왕[十大王] 명을 받고

한 손에는 철봉 들고

또 한 손에 북을 들고

쇠사줄을 비껴차고

활 등같이 굽은 길로

살대같이 달라들어

잠근 문을 박차면서

성명(姓名) 삼자(三字) 불러내어

어서 가고 바삐 가자

누 분부(分付)라 거역하며

누 명(命)이라 지체하까

실낱같은 이 내 목을

팔뚝-같은 쇠사줄로

절박[結縛]하야 끌어내니

혼비백산(魂飛魄散) 나 죽겠네-

여보시오 사자님네

노잣돈을 갖고 가세

만당설하 애걸한 듯

저 사자가 들을손가-

애고 답답 설운지고

이 일을 어이하꼬

불쌍하다 요 내 일생

인간 하직 망극하네

명사십리 해당화야

꽃 진다고 설워마라

명년 삼월 봄이되믄

너는 다시 피건만은

우리 인생 한 번 가믄

다시 오기 어려워라

어이 갈고 심산 험로

한정없는 길이로세-

요 세상을 하직하니

불쌍하고 가련하네

약탕관을 벌여놓고

지성보고 [극진한]

죽을 목심 살릴쏘면

이 늙은이 말을 듣세

저승길이 멀다던데

오늘 내게 당하여서

대문 밖이 저승일세

구(舊) 사당(祠堂)에 하직하고

신(新) 사당(祠堂)에 예배하고

대문 밖을 썩나서

적삼 벗어 〈손에 들고〉

혼백(魂魄) 불러 〈초혼(招魂)하니

없던 곡성(哭聲) 낭자하네〉

지붕 우에 던져 놓고

이 늙은이 말을 들세

저승 길이 멀다더냐

오늘 내게 당하여서

대문 밖이 저승일세

〈친구벗님 많다한들

어느 누가 동행하며

일가 친척 많다한들

누가 같이 ***〉

이럭저럭 [여러하니]

저승문을 다다르니

우두 나찰(牛頭羅刹) 마두 나찰(馬頭羅刹)

소리치며 달라 들어

인정 달라 비난구나-

인정 쓸 돈 반 푼 없어

**** 재산

인정 한 푼 써 볼손가

옷 벗어서 인정 쓰고

열 두 대문 들어서니

〈옥사장 분부듣고

대맹에서 지달리거고[기다리고]

최판관은 문세잡고〉

저승문을 다다르니

우두귀명 나찰들은

전후좌우(前後左右) 벌려져서

기치(旗幟) 장검(長劍) 삼렬(森列)하여

형장 기구 차려놓고

대상 호령 [이같]으니

무섭기도 한량없고

두렵기도 끝이 없네

불쌍하신 금일 망자

쑥물로 씻기시고

상물[香-] 로 씻기시면

악사지옥도 면하시고

도탄지옥도 면하시고

새왕극락 가옵시며

향물로 씻깁시다

불쌍하신 금일망자

쑥물로 씻깁시다

상물로 씻기시고

맑은[맑은] 물로 씻기시면

천군을 여우시고

중복도 가시고

새왕극락 옥경 연화당

상탕에는 머리 갬겨

중탕에는 모욕[목욕]시켜

하탕에는 열 손발

신연 백물 금주 단발

고이 고이 한 연후에

새왕극락 가옵[네다]

(사설을 읊으며) 예-, 성도 이름도 모르는 망자씨, 씻끔받고 새왕가시게. 어짜아든지 이런 일 [**** 하드란들] 백사 만사가 마음과 뜻과 같이 [설움은 *** 씻겨 주옵시고 *** **가] (이하 목소리 작고 징소리와 겹쳐 알아듣기 어려움)

장단 : 흘림

오구를- 여옵시다-

불쌍하선 금일 망자

오구를- 여우시고

왕생극락(往生極樂) 가시라고

오구를 여우시면
산신에 오구도 여우시고
뫼신에 오구도 여우시고
곽신에 오구도 여우시고
새왕극락 가시라**

(신칼로 소두랑께 두드리며)

산신은- 산문 열고
뫼[묘]장신은 묏문 열고
곽장신- 곽문 여소-
인정없던 망재들은
십제왕 잠긴 문을
사자를 못사와서
여기 저기 중졌난디
불쌍하신 금일 망자
새왕가고 극락가네
산신은 산문 열고
묏장신 묏문 열고
곽장신은 곽문 열고

(사설을 읊으며) 예-, 불쌍하신 금일 망자 쑥물로 씻기시고, 상[香]
물로 씻기시고 몱은 물로 씻기시고 [*** *** 좋은곳으로 가시옵소. 아
차해야 *** 인생. ** *** 황천은 극락. 명일 화상 ** **** 되얏소.]

장단 : 흘림

　　　　산신은 산문 열고

　　　　묏장신 묏문 열고

　　　　곽장신 곽문 여소-

　　　　범포기범[遠浦歸帆]은 백운선이요

　　　　하포문집은 일엽선이라

　　　　푸르고- 청강 우에

　　　　흐둥실- 떠난 배야-

　　　　이 배에-

　　　　게 무어 실렸던가

　　　　은궤 옥궤 실렸음네

　　　　은궤 옥궤 열고보니

　　　　산농씨 상애하던

　　　　약수보살이 실렸더라

　　　　뫼신에 문도 절거덩

　　　　곽산에 문도 절거덩

　　　　사자를 여웁시다

저 사자 거동보소

[새별]같은 봉의 눈은

초상강[灘湘江] 물결같고

쇠사줄을 등에 메고

쇠방망치 손에 들고

성명 삼자 품에 품고

천둥같이 달라 들어

한 번을 후려치니

정신이 아득하고

두 번을 후려치니

잔맥을 거둬잡고

삼 시[세] 번 후려치니

대통맥이 떨어지고

하릴없이 죽게 되네

적삼 벗어 혼백(魂魄) 불러

지붕 욱에 던져놓고

이 늙은이 말을 듣세

저승 길이 멀다더니

오늘 내게 당하여

대문 밖이 저승일세

(청중: 박수)

채 :   휴우. 내가 살었어도 못살겄네.

7. 고풀이

장단 : 굿거리

채 :   에라 만수 에라 대신
　　　　천열이냐 환열이냐
　　　　환열청청에 새경각
　　　　대활연으로 설설이 풀립소사

　　　　불쌍하신 금일 망재
　　　　어느 고에가 맺히셨소
　　　　저승 고에가 맺히셨소
　　　　삼신 고에가 맺히셨소
　　　　원혼 고에가 맺히셨소
　　　　해원 고에가 맺히셨소
　　　　원혼 고에가 맺히셨소
　　　　저승 고에가 맺히셨소

해원 고에가 맺히시믄
가실 극락을 못가시고
집안으로 감돌아서
자손에 근심을 연답니다
삼신 고에가 맺히시고
저승 고에가 맺히시믄
가실 새왕을 못가시고
집안으로 감돌아서
자손에 우환을 연답니다
천고 만고 맺힌 고를
이 날 이 시(時)로 풀으시고
가사(家事)에 걱정 근심
희살 요물은 제하시고
새왕극락을 가옵소사
에라 만수 에라 대신
천열이냐 환열이냐
환열 청청에 새경각
대활연으로 설설이 풀립소사

어느 고에가 맺히셨소
저승 고에가 맺히셨소

황천 고에가 맺히셨소

대신 고에가 맺히셨소

삼신 고에가 맺히셨소

저승 고에가 맺히셨소

[****] 풀으시고

가사에 [*** 을]

[걱정 근심]을 제하시고

새왕극락을 가옵소사

에라 만수 에라 대신

천열이냐 환열이냐

[환열] 청청에 시중각

제활연으로 설설이 풀립소사

(청중: 박수)

8. 길닦음

채 : (질베 잡은 사람에게) 혼자 잡으믄 어깨 아픈데. 혼자 잡음 어
    깨 아퍼. 누구랑 둘이잡어. [양쪽].

장단 : 진양조

후렴 : 제보살

　　　제보살이로고나

　　　나무여– 어어어

　　　어–허이 허으–허

　　　어–허– 어허어로구나

　　　나아아– 나아아–

　　　허어– 어허 어허로구나

　　　나무 나무여–

　　　나무아미타아불

채 :　　백구야 물 잡어라

　　　녹양 청강에 배 띄여라

　　　불쌍하신 금일 망재

　　　새왕극락으로 가신[다요]

후렴 : 제 에헤 에에에–

　　　보살이로고나

　　　나무여 어어어

　　　어– 허어어– 어으이– 허

　　　어– 허– 어허어 어허어어로구나

300

냐아– 나아아–

어허– 어허 허어로구나

나무 나무여

나무아미타아불

채 :   저승길을 닦을라면은

여네[여느] 염불로 질[길]이나 닦아

어둔 길은 붉혀서[밝혀서] 닦고

좁은 길은 널리 닦아

불쌍하신 금일 망재

새왕극락을 가신다요

후렴 : 제 에– 에– 보살이로고나

나무여 어– 허어어 어이–허

어어 허 어허어 허어어로구나

냐아아– 나아아–

나무아미타아불

장단 : 중모리

후렴 : 나무야 나무야

나무야 나무야

나무야 나무야

나무불이나 길이나 닦세

채 :　춘일은 원약하고

하월은 동약한데

청림녹엽이 만발[한데]

정체[景致] 찾아서 쉬어를 가시오

후렴 : 나무야 나무야

나무불이나 길이나 닦세–

채 :　한 고부 가시다가

백로 홍강 녹수일랑

원앙 한 쌍이 게 섰거든

새왕 길이나 물어서 가시요

후렴 : 나– 나무야– 헤–헤–

나무 나무 나무야

나무 불이나 길이나 닦세

채 :　또 한 고부 가시다가

다마[探花] 봉접(蜂蝶) 분분한데

청조새가 게 섰거든

저승 길이나 물어서 가시요

후렴 : 나무야 나무야

나무불이나 길이나 닦세

채 :　또 한 고부 가시다가

[상좌] 앞에 백발노인

장개[장기] 바둑을 앞에놓고

백점 흑점 뒤드나니–

삼신산이[로]– 분명하구나

정체[景致] 찾아서 쉬여를 가시요

후렴 : 나무야– 헤–

나무 나무 나무야

나무 불이나 길이나 닦세

채 :　또 한 고부 가시다가

백운(白雲) 심처(深處) 일신귀라

중 한나가 계셨거든

멀고 먼 새왕길을

인도 허여서 가옵소사

후렴 : 나무야– 헤– 나무야

　　　나무 나무 나무야

　　　나무 불이나 길이나 닦세

채 :　또 한 고부 가시다가

　　　봉래산 구름 속에

　　　청애 동자 둘이 앉어

　　　옥퉁수를 슬피 불면

　　　정체[景致] 찾아서

　　　쉬여를 가시오

후렴 : 나무야– 헤–

　　　나무 나무 나무야

　　　나무 불이나 길이나 닦세

채 :　또 한 고부 가시다가

　　　봉래산 구름 속에

　　　[치]나무 절벽 노[싱]가에

약 캐는 동자한테

원통하시고 통분커든

불사약이나 얻어 자시고

인도 환생을 다시나 하소사

후렴 : 나무야 나무야

　　　나무불이나 길이나 닦세

장단 :　굿거리

채 :　　제불 제보살 제불 제보살이야

　　　　나무아미타불

채 :　　이싱[이승] 길도 사백 팔십리

후렴 : 나무아미타불

채 :　　저승길도 사백–팔십리

후렴 : 나무아미타불

채 :　　구백 육십 리 그 가운데

후렴 : 나무아미타불

채 :　외나무 외다리 놓았더니
후렴 : 나무아미타불

채 :　인정없던 망재들은
후렴 : 나무아미타불

채 :　그 다리를 못 건느고
후렴 : 나무아미타불

채 :　여기 저기 중졌난데
후렴 : 나무아미타불

채 :　불쌍하신 금일 망재[亡者]
후렴 : 나무아미타불

채 :　그 다리 건너 새왕을 가시요
후렴 : 나무아미타불

채 :　범포귀범(遠浦歸帆)은 백운선이요
후렴 : 나무아미타불

채 :   하포 문접은 일엽선이라

후렴 : 나무아미타불

채 :   푸르고 청강우에

후렴 : 나무아미타불

채 :   외나무 외다리 놓았더니

후렴 : 나무아미타불

채 :   인명(人命)은 재천(在天)인데

후렴 : 나무아미타불

채 :   그 다리 건널 이 전혀 없되

후렴 : 나무아미타불

채 :   악취무명원(惡超無名願)에 쉬어 가시요

후렴 : 나무아미타불

채 :   무타락도원(無墮樂道願)에 쉬여가시요

후렴 : 나무아미타불

채 :　　[재복]동방원에 쉬여-가시오
후렴 : 나무아미타불

채 :　　[수복정]전원에 쉬여 가시요
후렴 : 나무아미타불

채 :　　무수수[투]원에 쉬여 가시요
후렴 : 나무아미타불

채 :　　제불 제보살 제불 제보살이야
후렴 : 나무아미타불

(청중: 박수)

(사설을 읊으며) 불쌍하신 금일 망재 이제 씻기시나 해갈천도
시켜 염불로 질을 닦아갖고 하직을 잠깐 해봅시다.

장단 : 중모리

후렴 : 하적이야- 하적이로고나
　　　　새왕산 가시자고 하적이로고나

채 :　　인제 가면 언제 와요

　　　　오실 날짜를 알려주오

　　　　동방 화개 춘풍[들이]

　　　　꽃이 피였거든 오실─라요

후렴 : 하적이야 하적이로고나

　　　　새왕산 가신다고 하적을 허네

채 :　　삼천백도 요지전한데

　　　　서왕모를 따르시요

　　　　월궁(月宮) 횡아[桓娥] 짝이되야

　　　　도화(桃花) 구경을 가실라요

후렴 : 하적이야 하적이로고나

　　　　새왕산 가시자고 하적을 하네

채 :　　병풍에 그린 장닭

　　　　두 날개를 툭툭 치면

　　　　자른[짧은] 고개를 길게 빼여

　　　　사경 일자 날새라고

　　　　꼬끼요 울거든 오실라요

후렴 : 하적이야 하적이로고나

　　　새왕산 가시자고 하적이로구나

채 :　　선녀 찾아 선관되야

　　　요지연(瑤池宴)에 가실라요

　　　극락 세계로 가실라요

후렴 : 하적이야 하적이로고나

　　　새왕산 잘가시라고 하적이로고나

채 :　　장생불사 하러가요

　　　서왕모 하관되야

　　　반도 손님이 데려를 가시요

후렴 : 하적이야– 하적이로고나

　　　새왕산 잘가시라고 하적을 허네

채 :　　청천 유월 유두시에

　　　서왕모 예비전에

　　　회포 말씸[말씀]을 [발원을]하시요

후렴 : 하적이야 하적이로고나

　　　새왕산 가시자고 하적이로고나

장단 : 굿거리

채 :　제불 제보살 제불 제보살이야

　　　나무아미타불

(사설을 읊으며) 불쌍하신 금일 망자씨가 씻금받고 새왕가실 뜩에 새로 생겨난 글을 읽었건[만은] 죽으면은 질이 다르므로 질굿을 간단히 [몰아서].

질굿 : 굿거리

강 :　노래

(사설을 읊으며) 나무아미타불 관세음보살. 예, 어짜든지 이* 살 리기 위해서 [하신] ** 여그 오셔서 잠 못자고 굿 본 양반들 아주 오만 감기 몸살 없이, 무병 장수 시켜주옵소서.

(청중: 박수)

채 :　놔 둬버려. {놔둬}

장단 : 굿거리

채 : 가세-

가세 가세 베 거둬 가세

불쌍하신 금일 망자

씻끔받고 새왕가세

질 거둬 가고 베 거둬 가세

고부 고부 가시다가

수부정으로 인정을 쓰고

새왕을 가시요 극락을 가세-

채 : (춤추는 사람에게) 〈춤을〉 춰, 춰 더.

장단 : 굿거리

내 돌아가네-

내 돌아가네 내돌아가네

어와 세상 사람들아

살었다고 좋아말고

죽었다고 설워마소

나도 어제 살아[서는]

백년이나 사쟀더니

원명이 뿐이던가

사생에 때가 있어

이 국 받고 내 돌아가네-

에라 만수야 에라 대신

많이 흠향하시고

새왕극락을 가소사

동(東)에는 청제(靑帝) 장군

청(靑)갑옷 입고 청(靑)투구 쓰고

남(南)에서 떠들어오는 재귀 살신을 면하자

후렴 : 에라 만수야 에라 대신

많이 흠향하시고 새왕극락을 가소[서]

채 : 남(南)에는 적제(赤帝)장군

적(赤)갑옷 입고 적(赤) 투구 쓰고

서(西)에서 떠들어 오는 재귀수사를 면하자

후렴 : 에라 만수야 에라 대신

많이 흠향하시고 새왕 극락을 가소서

채 : 서(西)에는 백제(白帝)장군

백(白)갑옷 입고 백(白)투구 쓰고

북(北)에서 떠들어오는 제귀살신을 면하자

후렴 : 에라 만수야 에라 대신

　　　많이 흠향하시고 새왕극락을 가소서

(청중: 박수)

9. 액막음

장단 : 풀이살이

강 : 　액을 막어.

채 : 　액을 막어서 이방을 허고

　　　액을 막어서 [손재]하세

　　　여그 오신 여러분들

　　　액을 막어서 이방을 허고

　　　액을 막어서 [손재]―

　　　자축방(子丑方)으로 액을 막고

　　　인묘방(寅卯方)으로 액을 막고

　　　진사방(辰巳方)으로 액을 막고

　　　오미방(午未方)으로 액을 막고

신유방(申酉方)으로 액을 막고

술해방(戌亥方)으로 액을 막고

정칠월(正七月)로 액을 막고

이팔월(二八月)로 액을 막고

삼구월(三九月)로 액을 막고

사시월(四十·月)로 액을 막고

오동지(五冬至)로 액을 막고

육선달(六 - -)로 액을 막고

이산 저산 양우 양산

부모에 천상 살귀

부부에 이별 살귀

자손에는 공명 살귀

재물에 손재 살귀

만인간 입담 해담

관청에 구설 살귀

허짱 놀래짱 낙성[落傷] 살귀

액을 막어 이방을 허고

액을 막어서 [손재]허세

한나 옷을 벗어 열 액을 막고

열에 옷을 벗어 한나 액을 막고

액을 막어 이방을 허고

액을 막어서 [손재]허세

(청중: 박수)

채 :   휴우. 아이고 참 애려운[어려운] 일 끝마쳤네.

- 채정례 당골의 〈진도 씻김굿〉 미디어 자료를 연결할 수 없어, 이를 대신하여 공식 유튜브 계정인 '얼씨구TV(광주MBC)'와 '국립남도국악원'에서 제공하는 영상을 링크합니다. 해당 계정에서 '씻김굿'을 검색하시면 더 많은 영상을 확인하실 수 있습니다.

채정례, 함인천 외 2인의 〈곽머리 씻김굿〉
2007년 6월 20일 촬영

국립남도국악원 국악연주단 〈진도 씻김굿〉
2023년 4월 15일 공연

씻김굿 공연장 소개

국립남도국악원

국립남도국악원은 진도군 임회면 귀성 앞바다가 펼쳐 보이는 곳에 자리 잡고 있다. 아름다운 자연 풍광이 모인 곳에는 소리가 모이고, 그 아름다운 소리를 따라 사람들이 모이는 곳에서 한국 전통예술 공연이 펼쳐진다. 파란 하늘 앞에 넓고 잔잔하게 펼쳐져 있는 다도해의 아름다움과 함께 하는 국립남도국악원에서의 공연은 잊을 수 없는 추억을 안겨준다.

3월부터 12월까지 매주 토요일 국악 전용 극장인 '진악당'에서 상설 공연이 있고, 단원들의 정기 공연도 있다. 굵직하고 진하게 떨림이 있는 가락의 남도 가락뿐만 아니라 각지의 전통 문화예술이 공연되는 곳이기도 하다.

진도 전통 문화예술 가락인 <진도 아리랑> <강강술래> <남도 들노래> <진도 씻김굿> <진도 북춤> <진도 다시래기> 연주가 공연되고 있다. 진도군씻김굿보전회, 진도다시래기보존회의 초청 공연이 있다.

특히 단원들이 펼치는 씻김굿은 토요 상설 무대는 초가망석, 손굿쳐 올리기, 제석굿, 고풀이, 씻김, 넋올리기, 길닦음, 액막음 중 일부 몇 가지 등이 연주되고, 특별공연에서 씻김굿 전 과정을 공연한다.

씻김굿은 죽음을 보내고 맞이하는 의례이지만 차분히 내려앉은 무대에서 보는 씻김굿은 또 다른 아름다운 맛이 있어 감상하는 묘미를 안겨준다. 유하영, 지선화 수석 단원을 비롯한 단원들이 표현하는 씻김은 정갈한 고요가 소리에서 느껴진다. 삶의 무너짐을 승화시킬 수 있는 음미외 시간을 가질 수 있는 높은 수준의 공언임을 자부한다.

- 주소 : 전라남도 진도군 임회면 진도대로 3818
- 전화 : 061-540-4031~4
- 홈페이지: https://jindo.gugak.go.kr

진도향토문화회관

　진도는 대한민국 유일 민속문화예술 특구로 전통 문화예술 보존과 발전을 위해 많은 노력을 하고 있다. 매주 토요일 향토문화회관에서 국가무형문화재 제72호인 <진도 씻김굿>을 비롯한 <강강술래> <남도들노래> <다시래기> 등이 공연된다.

　이 공연은 진도군립예술단원들이 공연을 펼친다. 진도군립예술단원은 진도 출신의 문화 예술인들이 대부분이다. 그래서인지 다른 지역의 <육자배기> <북소리>와는 또 다른 가락을 만날 수 있다. 진도 지역만이 내뿜는 독특한 냄새와 소리가 있다. 어떤 것도 가공되지 않은 거친 질그릇에 담아 먹는 물맛, 거친 베옷이 풍기는 거칠지만 정감 가는 소리가 바로 그것이다. 오랜 시간 진도 지역에 사는 예술인들의 공연을 통해 옛 전통이 주는 감성, 진도만이 내풍기는 바다 느낌, 젓갈이 발효되어 풍기는 듯한 육자배기 가락을 느낄 수 있을 것이다.

- 주소 : 전남 진도군 진도읍 진도대로 7197
- 전화 : 061-544-8978, 061-540-3073
- 홈페이지: https://www.jindo.go.krr

진도군무형문화재전수관

 진도군 문화예술체육과에서는 전통문화에 대한 인식을 높이고 우리 고유의 민속문화를 계승 발전시키고자, 진도군무형문화재전수관에서 매해 <진도 씻김굿 공개 발표회>를 개최하고 있다. 해당 행사는 예능 보유자를 비롯한 전수자들이 공연해 씻김굿을 원형 그대로 느낄 수 있다. 공연뿐만 아니라 씻김굿 무료 강습회도 열린다.

 이를 진행하는 (사)진도씻김굿보존회는 '진도 씻김굿'이 1980년 11월 17일 국가무형문화재 제72호로 지정되면서 결성됐다. 채계만, 박병천, 김대례 등이 예능 보유자로 인정받아 전승했으나 작고했다. 이후 보유자 박병원 씨가 뒤를 이어 전승교육사인 김오현, 송순단, 박미옥, 박성훈, 장필식 등과 함께 원형을 보전하기 위해 노력하고 있다.

- 주소 : 전라남도 진도군 진도읍 동외1길 6-9
- 전화 : 061-540-3429
- 문의: (사)국가무형문화재 진도씻김굿보존회 사무실(061-542-4717)

참고문헌

국립남도국악원, 『(국립남도국악원 총서 2) 진도 다시래기 명인 김귀봉 구술 채록 연구-김귀봉의 삶과 예술』, 국립남도국악원, 2005.

＿＿＿＿＿＿＿, 『(국립남도국악원 총서 5) 채정례 진도씻김굿』, 국립남도국악원, 2006.

＿＿＿＿＿＿＿, 『(국립남도국악원 총서 9) 유점자 신안씻김굿』, 국립남도국악원, 2008.

＿＿＿＿＿＿＿, 『(국립남도국악원 총서 12) 진도 씻김굿의 무구』, 국립남도국악원, 2010.

＿＿＿＿＿＿＿, 『(국립남도국악원 총서 14) 악사 박영태의 굿 음악』, 국립남도국악원, 2012.

＿＿＿＿＿＿＿, 『(국립남도국악원 총서 24) 북녘의 굿과 음악』, 국립남도국악원, 2023.

＿＿＿＿＿＿＿, 『굿음악의 신명 : 2010 굿음악 페스티벌 학술회의』, 국립남도국악원, 2010.

＿＿＿＿＿＿＿, 『남도 굿의 보존과 전승방안 : 제9회 국립남도국악원 학술회의』, 국립남도국악원, 2012.

_____,『남도 굿을 통한 세계와의 소통과 비전 : 제12회 국립남도 국악원 학술회의』, 국립남도국악원, 2015.

_____,『(김명례의 씻김을 위한) 성주 굿』, 국립남도국악원, 2012.

_____,『해남 씻김굿 악사와 음악』, 국립남도국악원, 2013.

_____,『팔도 굿 예인의 삶과 음악 : 2017 굿음악 축제 학술회의』, 국립남도국악원, 2017.

나경수 외,『진도의 상장의례와 죽음의 민속』, 진도군청, 2013.

박미경·박주언,『진도 세습무 박씨 가계도 재구성 연구』, 민속원, 2007.

박미경·윤화중,『한국의 무속과 음악』, 세종출판사, 1996.

원효, 조용길 외 옮김,『금강삼매경론(상)』, 동국대학교출판부, 2002.

황루시,『진도씻김굿』, 화산문화, 2001.

서해숙 , "박병천," 국립민속박물관 한국민속대백과사전,2024년 8월 30일 검색, https://folkency.nfm.go.kr/topic/detail/2137?pageType=search&keyword=박병천.

정대하, "남도 씻김굿 채정례 선생 별세," 한겨레, 2023년 10월 23일, https://n.news.naver.com/mnewsarticle/028/0002207035?sid=102.

참고 웹사이트

문화체육관광부 국립남도국악원 https://jindo.gugak.go.kr
진도군청 https://www.jindo.go.kr